KB161911

4차원의 세상. 그 무궁한님

4차원의 세상, 그 무궁한님

최종명 소설집

그림과책

세상을 바꾸기 위해 사람들은 많은 노력을 합니다. 정책적인 노력, 제도적인 노력을 하면 세상이 바뀌어질 것이라고 생각합니다. 혹은 법과 기술이 더 진일보한 형태로 나아가면 살맛 나는 세상이 될 것이라고 주장하기도 합니다.

물론 그런 노력들 또한 세상을 바꾸는 중요한 힘이 될 것입니다. 그러나 아무리 좋은 제도적, 물리적 장치도 사람들의 생각을 바꾸지 못한다면 결국 무용지물이 될 뿐입니다. 세상이 변해도 사람의 마음이 변하지 않는다면 달라질 것이 없다는 이야기입니다.

그런 측면에서 저는 사람들의 생각을 바꿀 힘은 오히려 다른 데에 있다는 생각을 하곤 했습니다. 그것이 바로 문학입니다. 문학은 취미 삼아 읽는 글 조각에 불과하다고 생각할지 모르지만, 사람의 마음을 움직이는 힘을 가지고 있습니다. 그리고 그런 마음의 변화는 생각은 변화를 불러오고 궁극적으로 행동의 변화를 이끌어냅니다. 더 나아가 변화된 그 행동들이 모이면 그 사람이 속한 작은 공동체가 변하고 그 공동체의 변화는 더 큰 규모의 공동체 변화를 이끌어내게 됩니다.

문학에 담긴 그 잠재력을 알기에 저는 그동안 틈이 날 때 시를 쓰며 내 생각을 작품 안에 담아갔습니다. 많은 것을 기대해서가 아닙니다. 그 시 하나로 누군가의 마음에 작은 감동을 줄 수 있다면, 아니, 다른 누구도 아닌 나 자신의 변화를 촉구할 수 있다면 그것만으로도 충분하다고 생각했습니다. 어떤 한 사람의 작은 결단과 사소해 보이는 변화가 나비효과가 되어 세상을 움직이는 출발점이 될 수 있음을 믿기 때문입니다.

그런 마음으로 그동안 시를 통해 생각을 담아오던 저는 독자들과 조금 더 밀접한 소통을 하고 싶었습니다. 그렇게 하여 부족하나마 소설작품을 쓰겠다는 결단을 하게 되었습니다. 소설은 시보다 보다 가시화된 메시지를 줄 수 있기 때문입니다.

이 책은 허구의 이야기이지만 세상을 향한 저의 진심을 담았기에 진실의 이야기이기도 합니다. 실제로 이 소설의 이야기가 지금 어딘가에서는 이미 벌어지고 있는 일일지도 모릅니다.

이 소설을 통해 독자들이 느끼는 바는 다 다양할지도 모릅니다. 변화하는 시대 속에서 삶의 다양한 양태가 드러나듯, 궁극적으로 받아들이게 되는 메시지 또한 다를 것입니다. 하지만 어떤 방식으로든 상관없습니다. 다양한 메시지 속에서 변화하는 세상을 향한 특별한 시각을 가질 수 있다면 그것만으로도 충분하다고 생각합니다.

더불어 저는 그동안 제가 써온 시들을 각 파트와 연결하여 구성했습니다. 소설 속 사건들을 읽어가다가 잠시 시를 읽으며 쉬어가길 바라는 마음에서입니다. 하지만 그 '쉼' 속에서도 가슴 속에 이는 파장은 다양하게 나타나리라 생각합니다.

끝으로 이 소설이 독자들과 더 깊고 다양하게 소통하는 계기가 되었으면 좋겠습니다. 그런 바람을 안고 이 소설을 독자 여러분께 바칩니다.

2022년 9월

최 종 명

차 례

1화
인간 세계의 위기를 타계하고자 천상회의가 열리다

호릴리우스와 레난도르가 심각한 얼굴로 대화를 나눈다. 천상 세계에 무슨 일이 일어난 것이 틀림없었다.

"갑자기 긴급회의를 소집하는 이유가 뭐지?"

"오랜만에 인간 세계에 한 명을 파견한다는 것 같은데?"

"파견?"

"그래. 파견 말일세. 나만 아니었으면 좋겠네."

"그런 걱정은 하지 말게. 당신은 이미 파견된 적이 있으니 말일세. 그때 자네가 지구에서 쓰던 이름이 호메로스였지?"

"레난도르! 역시 기억력이 좋군. 지구에서는 이제 내 이름을 모르는 사람이 없다지 않나. 그런데 내가 천상 세계로 돌아왔다는 사실은 아무도 모른다네. 그래서 그런가. 나에 대한 말들이 많아. 호메로스가 실존 인물이 아닐 수 있다는 사람도 있고…… 실은 한 명이 아니라 여러 명일 수 있다는 사람도 있고…….”

“헷갈릴 만도 하지. 임무 완수하고 다시 천상계로 와버렸는데 정체 파악하기가 어려웠겠지.”

“그나저나 이번엔 누가 내려가려나? 어찌 되었든 나나 자네는 아니겠지. 우린 이미 내려갔다 온 적이 있으니 말일세. 하하.”

“그러게 말일세. 그런데 갑자기 왜 파견을 보낸다는 거지? 지구는 잘 돌아가고 있는 것 같은데 말이지.”

“일단 회의에 들어가 보면 알겠지. 빨리 가보세.”

한편 저기서는 수리안과 헤로스가 대화를 나누고 있었다. 호릴리우스와 레난도르의 대화와 비슷한 맥락이었다.

“헤로스. 이번에 중요한 회의가 열린다고 하네.”

“수리안. 나도 듣긴 했는데 어떤 내용인가? 짐작이 되지 않아서 말이지. 몹시 궁금해지는군.”

“나는 대략적인 내용은 알고 있네. 이번에 인간 세계에 누구를 파견한다고 하는구만.”

“뭐? 정말 놀랍구려. 이게 얼마 만인가. 우리가 과거에 인간 세계에 내려갔던 때가 떠오르는구려.”

“그렇지. 감회가 새롭구만. 하하.”

서로 긴 수염을 만지작거리며 옛 생각에 빠져든 수리안과 헤로스. 그들이 담소를 나누는데 회의가 막 시작한다는 소식이 전해졌다.

"이런, 빨리 가봐야 되겠구만. 헤로스. 이러고 있을 때가 아니야. 빨리 가보세."
"그래, 간만에 재미있는 회의가 되겠는걸?"
천상 세계 회의가 시작될 즈음, 북적거리며 신들이 모인다. 대장은 아니지만 회의가 열릴 때마다 좌장 역할을 하는 알레듀스 신이 회의를 주재했다.

"아마 어느 정도 회의 내용은 알고 오셨을 겁니다. 인간 세계가 지금 위태롭습니다. 누군가를 보내야 합니다. 그리스 암흑기, 중세 암흑기, 춘추전국시대 때 파견한 후로는 한 번도 파견한 적이 없었죠? 그런데 이번에는 그냥 지나갈 수 없는 것 같습니다. 인간 세계의 상태가 아주 심각합니다. 심지어 1, 2차 세계대전 때도 굳이 안 보내고 버텼는데 말입니다."

그리스 암흑기, 중세 암흑기 때 파견되었던 호릴리우스와 레난도르가 겸연쩍은 얼굴로 서로를 쳐다본다. 수리안과 헤로스도 서로를 바라보면 지그시 웃는다.
호릴리우스는 인간 세계에서 호메로스로 불렸고 레난도르는 레오나르도 다빈치로 불리었다. 또한 수리안은 순자로, 헤로스는 한비자로 불렸다. 그들은 인간 세계에서 쓰던 이름이 더 멋있어 보여서인지, 천상 세계에서도 간혹 그 이름을 쓰기도 한다.
다른 신들도 호릴리우스, 레난도르, 수리안, 헤로스를 힐끔 쳐다본다. 이 넷은 적어도 파견된 이력이 있으니 이번에는 제외될 가능성이 크다. 좌장인 알레듀스는 신들의 분위기를 살피더니 말을 이어가기 시작했다.

"아무리 지구상에 어려운 재난이 닥쳐도 우리는 직접적인 개입을 한 적은 없습니다. 그런데 지금 지구는 망가질 대로 망가졌습니다. 인간들이 암적인 존재로 변하는 바람에 코로나19 바이러스를 보내긴 했지만 그걸로도 역부족이더군요. 인간 바이러스들을 처단하기에는 코로나19만으로는 해결이 안 되었던 거죠. 거기에 지금 지구는 4차 산업 혁명이라는 거대한 변화의 흐름까지 마주해야 하는 상황에 있습니다. 인공지능이 득세하면서 인간이 더 이상 인간으로 구실을 할 수 없는 상황에 이르게 되었습니다. 사실 이보다 더 큰 문제는 비인간화 문제가 걷잡을 수 없을 정도로 심해졌다는 사실입니다."

심각한 분위기를 자아내며 알레듀스가 말을 하자 웅성거리던 신들도 이내 조용해졌고 심각한 표정을 지으며 좌장이 하는 말에 집중했다. 분위기를 살핀 알레듀스는 오랜만에 과거의 이야기를 끄집어내었다.

"다들 잘 아시겠지만 그리스 암흑기, 춘추전국시대, 중세 암흑기 때 우리 신들은 인간 세계에 개입할 수밖에 없었습니다. 인간이 인간으로서 존중받지 못할 때, 그때만큼은 직접적으로 개입하는 게 우리의 임무였기 때문이죠. 그때 호릴리우스가 호메로스란 이름으로, 레난도르가 레오나드로다빈치란 이름으로, 수리안과 헤로스는 순자와 한비자라는 이름으로 지구에 파견되었던 것, 다들 기억할 것입니다."

다들 그들을 향해 박수를 쳤다. 의례적인 박수지만 넷은 기분이 좋아졌다.

"좌장인 저는 그 네 분의 노고를 잊지 못합니다. 호메로스, 아니 호릴리우스 덕분에 유럽인의 정신과 사상의 기초를 만들었죠. 물론 그 시기는 인간들이 심각하게 존중받지 못하던 시기는 아니었지만 호릴리우스가 서구 문명의 아버지 역할을 제대로 해 준 것은 누구도 부인할 수 없을 거예요. 우리 호릴리우스가 얼마나 중요한 역할을 했는지 소크라테스도 그를 가장 신성한 최고의 시인이라고 칭했으니까요."

옆에 있던 한 신이 맞장구를 쳤다.

"맞습니다. 아이스킬로스도 자신이 쓴 비극 작품이 호메로스의 잔칫상의 빵 조각 하나에 불과하다고 할 정도였으니까요. 정말 대단한 일을 하고 오셨습니다."

알레듀스는 말을 이어갔다. 이번에는 레난도르의 업적을 치하할 모양인 듯했다.

"중세 시대까지만 해도 인간은 신의 부속물이나 다름없었습니다. 모든 예술은 신을 향한 수공품에 불과했고요. 정작 우리 신들도 그것을 원하지 않는데 지구의 인간들은 신을 위한답시고 인간성을 외면해갔습니다. 우리 신들이 정말로 원하는 것이 무엇인지도 모른 채 말이죠. 그래서 레난도르, 그러니까 레오나르도다빈치가 지구로 파견을 갔죠. 레난도르는 다방면에서 아주 많은 역할을 했어요. 르네상스의 핵심 인물이 되어주었죠. 고통으로 얼룩지고 암흑으로 뒤덮인 중세 시대의 삶의 방식을 바꾸기 위해 예술적 혁명을 일으켰죠. 아무쪼록 이 두 분의 업적을 결코 잊어서는 안 될 것입니다."

역시나 사람들은 고개를 끄덕이며 찬사를 보냈다.

"자, 그리고 수리안과 헤로스의 업적도 치하하지 않을 수 없죠. 특히 그 두 분은 같은 시기에 함께 내려갔다는 점에서 참 독특했죠. 두 분을 한꺼번에 보내지 않으면 해결될 수 없는 상황이다 보니 저희도 이례적으로 두 분을 한꺼번에 보냈답니다."

듣고 있던 한 신이 맞장구를 쳤다.

"맞습니다. 중국 춘추전국시대 때 장난이 아니었죠. 오죽했으면 둘을 보내야 했을까요?"

알레듀스는 조금 더 구체적으로 이야기했다.

"그 시대가 좀 애매했어요. 혼란스러운 것으로 따지면 다른 시대와 크게 다를 바 없지만 다양한 사상들이 혼재한 상황이라는 점에서 특별했던 것 같네요. 그때 우리가 파견한 순자와 한비자 외에도 이 시대에 많은 분이 활약했죠. 전국시대의 초기를 대표하는 사상가로는 묵가의 시조인 묵자가 있었죠. 그는 유교의 예가 번잡하다고 비판하며 모든 사람을 똑같이 사랑하는 겸애를 강조했어요. 그리고 전국시대 중기에는 유가의 맹자와 도가의 장자의 사상이 더욱 주목받았어요. 맹자는 묵가 사상에 대해 반론을 펼치면서, 유교를 되살려 패도를 배제하고 왕도를 가르쳤죠. 아, 그리고 성선설을 주장했어요. 그에 반해 장자는 위대한 자연을 지배하고 규율하는 도를 강조했죠. 이러한 도는 인간의 인식을 초월하는 것이기 때문에 그것을 깨닫기 위해서는 직관에 의하지 않고는 방법이 없다고 주장하기도 했고요."

한참 춘추전국시대의 이야기를 늘어놓으니 일부 신들이 지루해 하는 표정을 지으며 눈을 껌뻑거렸다. 눈치를 챈 알레듀스는 잠시 자기 이야기가 딴 곳으로 세었다고 생각하며 다시 순자와 한비자의 이야기, 즉 수리안과 헤로스의 이야기를 이어갔다.

"전국시대 후기에 두 분의 사상이 주목을 받았어요. 그때가 진나라가 부국강병을 이룰 때였던 것 같은데……. 이때 우리가 파견한 순자는 맹자의 성선설에 반대하여 성악설을 제창했죠. 그리고 인간의 악한 본성을 바르게 하고 사회 질서를 유지하기 위해 예禮를 정해야 한다고 주장했어요. 정말 그 시점에서 순자, 그러니까 수리안이 큰 활약을 한 거 같네요. 그리고 한비자는 순자의 예를 법률로 바꾸어 놓았죠."

평소 칭찬에 인색한 알레듀스가 장황하게 이 넷을 높이는 데에는 이유가 있었다. 당장 누구 하나를 지구로 내려보내야 하는 다급한 상황이었던 만큼, 그들의 공적을 한껏 치하해야 했다. 하지만 그 넷에 대한 칭찬에는 충분히 진심이 담겨 있었다. 이때 잠자코 듣고 있던 레난도르가 질문했다.

"알레듀스님. 그런데 지금 왜 새로 파견해야 한다는 거죠? 요즘 인간 세계는 과거보다 풍요롭고 안정된 상태가 아닌가요?"

알레듀스는 기다렸다는 듯 답을 이어갔다.

"지금 지구는 새로운 변혁기를 맞이하고 있어요. 인간의 손에 의존하던 산업이 기계 중심으로 변하게 한 1차 산업 혁명, 새로운 기계 혁명에 전기의 도입을 불러온 2차 산업 혁명, 정보화와 자동화 생산 시스템을 기반으로 한 3차 산업 혁명…. 이때만 해도 인간 소외 현상이 심각하게 일어나지는 않았습니다. 논란이 있긴 하겠지만 인간에게 문명의 발전을 통해 편리함을 가져다주었다는 걸 부인할 수는 없죠. 가령 3차 산업 혁명을 통해 멀리 있는 사람과도 소통하는 일이 가능해진 것만 봐도 그래요. 분명 산업 혁명으로 인간들이 다양한 수혜를 누리는 것은 물론, 정보력의 가치를 체감하며 살고 있으니까요."

가만히 있던 호릴리우스가 갑자기 끼어들었다.

"하긴, 3차 산업 혁명이 대단하긴 한 것 같아요. 제가 지구에서 썼던 걸작, 아, 죄송합니다. 제 입으로 제 책을 걸작이라고 칭하다니. 아무튼 제가 쓴 일리아스나 오디세이아도 요새 인터넷으로 곳곳에 떠돈다고 하네요. 그래서 책이 없어도 누구나 쉽게 읽을 수 있다나 뭐라나. 게다가 옛날에는 제가 쓴 대서사시를 해석할 수준이 되는 수준 높은 사람들만 읽을 수 있었는데, 요새는 제 책을 아주 쉽게 정리해 놓은 것들이 유튜브에 떠돌아 너도나도 쉽게 파악할 수 있다고 하네요."

갑자기 끼어든 호릴리우스 때문에 알레듀스는 정작하려던 핵심적인 이야기를 못했다. 은근슬쩍 호릴리우스을 흘겨보고 나서는 얼른 자신이 하고자 하는 이야기를 이어갔다.

"네. 네. 알겠습니다. 암튼 하려던 말을 이어가자면, 4차 산업 혁명은 이전과는 새로운 국면으로 다가올지도 모릅니다. 인공지능은 인간을 돕는 차원을 넘어 인간을 대신하는 차원으로 넘어갈 수 있으니까요. 그러니 이제 누군가가 지구로 가야 할 때가 왔다는 것입니다."

다들 인간 세계의 위기에 대해 심각성을 느끼는 듯했다. 하지만 심각하다고 생각은 하는데 마음에 와닿을 정도는 아닌 듯했다. 지금 그 상황이 굳이 누군가를 파송할 만한 상황인지 의아함을 느꼈던 것이다.

〈with 시〉

코로나 팬데믹

밥맛이 없고
술맛이 없으니
놀아줄 벗이 그립다

눈가루 내리고
날씨도 추우니
마음마저 시리다

아아
좋았던 그날에
무례함을 알았으니

친구여
이제 그만 화해하고
뒤풀이나 한번 하지

그곳에 가거들랑
이곳은
조용터라 전해주게

3인의 술잔

세 명이 한잔의 문학을 마신다
한 잔의 술을 마시고
박인환 시인의 목마와 숙녀의 시를 듣는다
버어지니아 울프의 슬픔과
그녀의 소설 등대란 작품을 업고
시를 한잔 마신다
박인환 시인이 마셨을 듯한 그 술 한잔과
버어지니아 작가가 마셨을 듯한 페시미즘의 기억들
그리고 세세한 나의 시를 두 거장에게 들려준다

빈 잔을 채우는 건 술이고
빈 가슴을 채우는 건 사랑이라
찬 잔으로 찬 가슴을 채우니 흥이려
빈 잔으로 빈 가슴을 채우려니 그리움이네

내 가슴!
술과 사랑으로
세월의 잔을 비우고 있네

축배의 잔

축배의 잔은 높이 들어야 하는가
태곳적에도
그들은 웃음을 머금고 삼키며
음미하였는가
내게도 아파하는 속삭임은
들리지 않는다

다만
물어보리라
이별의 항구에 다다르면
들을 수 있을까
나와 그들의 속삭임

여쭙고자
하옵니다
나는 왜!
속삭이고 있는지

"진달래꽃의 애이불비한 사랑은 부질없는가"
"죽과 난의 지혜로 득을 취하면 축배를 들 수 있는가"
"하늘을 우러러 부끄럽지 않음은 한 점 슬픔인가"

"너도 취하고 나도 취하면 또 다른 너는 무엇을 하리"

"클레오파트라와 루크레치아는 무엇이 다른가"

"홍익인간, 재세이화, 광명이세, Q & A FOR GOD"

"아이 엠 어 아이 I am a I"

—Obey… Arrow… my deep heart—

2화
가정이 무너지는 인간 세계의 현실을 바라보다

알레듀스는 지구의 상황을 좀 더 자세하게 설명하고자 했다. 사실 앞서 이야기한 것은 맛보기 차원이었다.

"사실 더 심각한 것은 가정이 붕괴되고 있다는 거예요. 아, 가정이 흔들린 것은 어제오늘 일이 아니긴 하죠. 하지만 과거에는 가정에 문제가 생겨도 그것이 문제인 줄 알았어요. 하다못해 '뭔가 잘못되고 있구나.' 하는 것 정도는 느꼈던 것이죠. 그런데 지금은 달라요. 그냥 가정을 흔들리게 하는 일이 벌어져도 일말의 죄책감이 없어요."

듣고 있던 한 신이 물었다.

"죄책감이 없다니요? 그게 무슨 말이죠? 가정이 붕괴되는 것도 솔직히 이해가 안 가네요. 가정이 깨진다는 건가요? 어떻게 그럴 수가 있죠?"

알레듀스는 무릎을 탁 치며 이야기했다.

"제 말이 그 말입니다. 어떻게 그런 일이 아무렇지도 않게 벌어지고 있느냐 말이에요. 그런데 깨질 수 없는 그 가정이 정말로 아무렇지 않게, 양심의 가책도 없이 깨지고 있어요. 배우자가 있음에도 불구하고 자신의 욕망을 좇아가는 게 익숙한 일이 되어버렸어요. 혼탁한 일들이 비일비재하게 일어나고 있죠. 그들은 이것을 문제라고 보지도 않아요. 자유라고 생각하고 사랑이라고 둔갑시키기까지 하죠.'

조금 더 구체적으로 이야기하자, 그제야 지금 이 시대에 큰 문제가 도사리고 있음을 인식하기 시작했다. 신들이 공감하기 시작하자, 알레듀스는 더 열을 올려가며 말을 하기 시작했다.

"특히 부를 쥐고 있는 사람들은 더욱더 안하무인이 되어 살아갑니다. 돈이라면 무엇이든 된다고 생각하죠. 부정적인 방법이든 아니든 돈만 잘 모으면 된다고 여겨요. 그도 모자라 여성을 도구로 생각합니다. 부인은 더 이상 가족이 아닌 거예요. 자신의 욕심을 채우기 위해 일시적으로 활용되는 물건으로만 여긴다고나 할까요? 그러면서 쉽게 가족은 깨어지고, 그 가운데 자녀들은 방탕해 가고 있습니다. 겉으로 보이게 멀쩡해 보이는 이들조차 그 안에는 형용할 수 없는 아픔이 스며들어있죠. 그것이 또 다른 악재를 낳기도 합니다. 그 상처가 또 다른 사람을 아프게 하는 도구로 사용되는 것이죠. 사랑이 사라진 가정에서 자란 자녀들은 또다시 사랑이 없는 삶을 살아가고 파괴적인 인생을 추구하며 살게 됩니다. 이것이 오늘 인간 세계의 현실이에요. 여기에 앞서 말한 대로 4차산업혁명의 인공지능 시대가 열렸으니, 인간은 더욱 소외되어가고 있고요. 한숨만 나오네요."

레난드로가 수긍하며 말했다.

"그 어느 때보다 심각한 상황이네요. 누군가를 보내지 않으면 안 되는 상황이랄까……. 충분히 공감합니다."

사실 레난도르가 정말로 묻고 싶은 것은 다른 것이었다. 그것은 다른 이들이 궁금해하는 부분이기도 했다. 그는 가야 하는 이유를 들었으니, 이제 누가 갈 것인지, 묻지 않을 수 없었던 것이다. 물론 이 시점에서 과감히 질문을 할 수 있는 것은 그는 파견될 가능성이 없다는 것을 누구보다 잘 알고 있었기 때문이었다.

"그럼 누가 가야 할까요? 그리고 이번엔 어느 나라로 가죠?"

모인 신들이 웅성웅성댔다. 대부분 '이번에도 유럽이겠거니.' 하는 분위기였다. 알레듀스는 누구도 예상치 못한 대답을 꺼냈다.

"이번에는 한국입니다. 대한민국 말입니다."
"네? 그게 무슨 말씀이시죠? 대한민국이요? 아시아요? 아시아에 있는 그 작은 나라 대한민국이요? 심지어 대한민국이면 반쪽짜리 나라 아닙니까?"

웅성거리던 이들이 당혹감을 감추지 못했다. 물론 지금 중요한 것은 나라가 어디냐 하는 것보다 누가 내려갈 것인가 하는 것이겠지만. 마침 모인 신들은 딴청을 피우며 자신만은 피해 가길 소원했다. 알레듀스가 자원할 사람을 찾았지만 자원할 신이 있을 리 만무했다. 자원은커녕 저마다 갈 수 없는 이유를 대기에 바빴다.

마침 자원하지도 않고 핑계를 대지도 않는 신이 한 명 있었다. 바로 그 자리에 참석하지 않은 조르반이었다. 그 시각 조르반은 평소와는 달리 늦잠을 자고 있었다. 알레듀스는 잠을 청하느라 유일하게 불참한 조르반을 보내야겠다고 마음먹는다. 없는 사람에게 짐을 지우는 것만큼 편한 것은 없으니 말이다. 게다가 불참한 것에 대한 벌칙을 주는 차원에서도 파견 임무를 지우는 것에 대한 정당성을 확보할 수 있었다.

"음, 지금 이곳에 오지 않은 조르반을 보내는 건 어떨까요? 다른 분들의 생각은 어떠신지……."

저마다 가슴을 쓸어내렸다. 나만 아니면 된다는 생각에서였다. 사실 인간 세계로 내려가는 게 쉬운 일은 아니지 않은가. 단순히 유희를 위해 가는 게 아니다. 사명을 완수해야 한다. 그에 대한 부담이 없을 수는 없었다. 그러니 조르반을 보내겠다는 말에 환영할 수밖에 없었다. 하지만 대놓고 좋아할 수는 없었다.

"네, 좌장님의 말씀에 찬성합니다. 조르반은 영민하고 책임감이 유난히 강하죠."

"그렇습니다. 충분히 이번 위기를 잘 해결하고 돌아올 수 있을 거라 믿어 의심치 않습니다."

그렇게 회의가 마무리되었다. 회의가 끝나고 뒤늦게야 조르반은 이 사실을 알게 된다. 호릴리우스가 늦잠을 잔 조르반을 깨운 뒤 지금까지의 내용을 알려준 것이다.

"아, 어쩌죠. 호릴리우스님. 제가 인간 세계에 파견된다고요? 맙소사. 왜 하필 이날 늦잠을 잔 걸까요?"

당연하리만치 그는 적지 않은 충격을 받았다. 인간 세계로 파견을 받게 되다니, 이런 날벼락 같은 일이 어디 있단 말인가! 신에게도 넋이란 게 있는 모양이다. 조르반은 거의 반쯤 넋이 나간 채로 주저앉아 있었다. 조르반의 마음을 누구보다 잘 아는 호릴리우스가 그를 위로했다.

"힘내게. 조르반. 의외로 신나는 경험이 될 수도….."
"호릴리우스님. 전 지금 심각해요. 가는 게 싫어서가 아니에요. 제가 과연 잘할 수 있을까요?"
"걱정 말게. 뭐, 가면 다 하게 되어 있지. 나도 해냈는데 자네라고 못 해내겠는가!"
"그러고 보니 호릴리우스님은 호메로스란 이름으로 인간 세계에서 살아갈 때 앞을 볼 수도 없다고 하셨죠? 진짜 힘드셨겠네요. 하필 왜 그런 방법을 택하셨어요?"

호릴리우스는 그때의 일들을 떠올리며 말을 이어갔다. 눈을 지그시 감은 채로 말이다.

"그땐 문학으로 해결하는 방법밖에는 없었거든. 그런데 좀 걱정이 되더라고. 내가 인간 세계의 현실을 접하면서 글 쓰는 데 집중할 수 있을까 우려가 되었지. 그래서 눈이 먼 상태로 지구에 가기를 자청한 건데. 힘들기야 힘들었지만 나쁘진 않았어. 그 덕에 시의 형태로 나의 이야기를 풀어나갈 수 있었지. 내가 읊으면 다른 누군가가 적어나갈 수 있었으니까. 내가 직접 보고 직접 쓰려고 했다면 일리아스나 오디세이아 같은 명작은 안 나왔겠지. 내가 내 입으로 명작이라고 말하니 민망하긴 하네."

"명작 맞죠. 저도 감탄을 금치 못했습니다. 아무튼 호릴리우스님은 호메로스로 분해서 문학적 혁명을 일으키셨고 레난도르는 레오나르도다빈치로 분해서 예술적 혁명을 일으키셨는데, 전 대체 뭐로 해결을 해야 할까요? 답답하네요."

호릴리우스의 위로와 격려를 받아서일까. 조르반은 이내 마음을 추슬렀다.

조르반이 인간 세계로 갈 날이 되었다. 천상계의 신들이 조르반을 환송하기 위해 한자리에 모였다. 물론 아직까지도 조르반은 극도로 침울해 있다.

이 자리에는 천상계 최고의 신인 세우스와 좌장인 알레듀스도 참석했다. 이 자리에서는 조르반이 인간 세계에서 불릴 이름도 정해지기 때문에 신들의 관심이 초집중되었다. 서로 작별 인사를 하느라 정신없는 가운데, 세우스는 입을 열었다.

"다 모이셨죠? 여러분이 궁금해하시던 조르반의 이름이 정해졌습니다.

조르반이 인간 세계에서 불리게 될 이름은 바로 김경종입니다."

갑자기 이곳저곳에서 피식 웃는 소리가 들렸다. 웃는 이들이 한둘이 아니었다.

"경종? 그게 뭐야. 푸흡."

그런 비웃음에 휘둘릴 세우스가 아니었다.

"김경종이라고 지은 것은 가족 붕괴와 비인간화 문제가 극에 달한 상황에서 경종을 울리기 위함이라고 볼 수 있습니다. 그리고 성을 '김'으로 붙인 것은 대한민국에서 가장 흔한 성이 '김'이기 때문입니다."

듣고 있던 알레듀스도 적지 않게 당황하는 듯했다. 이건 아니다 싶었던 모양이다.

"아니, 세우스님. 너무 1차원적인 것 아닌가요? 경종을 울린다는 차원에서 경종이라고 지어버리시면……."

이 상황에서 가장 속상한 건 조르반이었다. 내려가는 것도 서러운데 이름이라도 멋있어야 하지 않겠느냐 말이다. 그런데 이렇게 썩 마음에 들지 않는 이름을 달고 있어야 하다니…….
그러나 이미 자포자기한 그이기에 아무런 대꾸도 하지 않았다. 아무 말 없이 수긍하는 조르반을 보며 세우스는 흐뭇한 표정을 지었다. 별다른 반대가 없으니 당사자가 만족한다고 여긴 모양이다. 세우스는 조르반이 앞으로 인간 세계에서 명심해야 할 사항들을 전달했다.

"자네가 인간 세계에 가면 어떤 일을 해야 할 것인지 스스로 깨닫게 될 것일세. 자네는 호릴리우스, 레난도르처럼 탁월한 지혜를 안고 인간 세계에 내려가게 될 것이다. 그리고 결정적인 순간에 초능력을 쓸 수 있네. 물론 그건 자네 선택에 달렸지. 아마 자넨 적재적소에서 그 능력을 쓰게 될 것이다."

이제 경종으로 살아갈 조르반에게 초능력이고 뭐고는 중요하지 않았다. 인간 세계로 들어갈 때가 임박했다는 것만 심각하게 느껴질 뿐이었다. 지금 조르반은 아무 생각도 들지 않는다. 환송식이 끝나고 조르반은 작별 인사를 나눈 뒤 인간 세계로 향했다. 호릴리우스와 레난도르도 과거의 생각이 났는지 눈물을 훔쳤다. 수리안과 헤로스도 마찬가지였다.

그렇게 조르반은 인간 세계로 향했다. 그는 늦잠 잔 자신을 탓하며 자책했다. 그리고 조르반, 아니 이제 김경종이라 이름한 그는 대한민국에 도착했다. 대한민국의 아주 평범한 가정집에서 새로운 삶을 살게 된 것이다.

한편 여기에는 반전이 있었다. 인간 세계로 들어간 이후, 세우스는 알 수 없는 미소를 지었다. 사실 조르반이 선택된 것은 세우스의 작전에 의해서였다. 세우스는 조르반을 특별하게 인정하고 신뢰했다. 그만의 순수함과 지혜로움에 주목했던 그는 천상 회의가 있던 날 전날 술을 먹었고 작정하게 늦잠을 자게 만들었다.

지금 인간 세계의 상황이 유달리 심각한 만큼 그는 아무나 보낼 수 없었다. 하지만 조르반은 이 사실을 알 리 없었다. 세우스가 자신을 특별히 신뢰하여 이 일을 꾸몄다는 것을 말이다.

〈with 시〉

Sir

Sir!
Please hear
Sound in my heart
I'll Pray
Forever.
Sir!

가는 길

어디로 가시나이까
고향이 저곳인 것을

왜!

그리로 가시옵니까

제가 갈 길을
어찌할까요

무엇을 할까요

골친들을 위하여

향이 그리운 아침에
비가 내린다
하늘의 눈물인가
내 가슴에 멍울인가

그렇게 비가 내린다

무더위가 지났으니 이제 곧 비가 그치면
청푸른 잔디 위에서 친구들과
껄껄거리며
즐길 수 있는 라운딩

내 인생의 라운딩에 멀리건 하나만 달라고
가을 하늘에 외쳐 보고 싶다

안 된다면 핸디라도 넉넉히 주시어
더 오래도록 함께 즐길 수 있는
우리들의 시간을 더 달라고 외치고 싶다

또 이번 가을 라운딩이 지나면 몇 홀이나 남아 있을까요
우리 친구들과의 시간

인생의 마지막 홀이 다가오기 전에
즐거울 수 있는 시간
함께 쓸 수 있는 우리들의 시간

너와 나의
멀리건이 주어지지 않을까

생각하는 바입니다
가을 하늘이시여!

3화
지구에서의 삶이 시작되다

"경종아! 일어나야지!"

"……."

"경종아~ 일어나자~"

"……."

방에서 아무런 기척이 들리지 않자 경종의 어머니가 방문을 박차고 들어왔다. 경종의 어머니는 좀 전까지 차분한 현모양처 특유의 억양은 오간데 없고 거친 상소리를 시전하기 시작했다.

"야, 이 자식아! 안 일어나?"

사실 조르반, 아니 경종은 이미 일어난 지 오래였다. 눈을 떴을 때 처음 듣는 음성이 들려와 당황했을 뿐이다. 그는 이불 속에서 아무런 기척도 없이 웅크리고만 있었다. 경종의 어머니는 얼른 이불을 걷었다. 이불 속에 숨어 있다시피 하던 경종이 살며시 일어났다.

"저, 저. 안녕하세요. 혹시 당신이 제 어머니신가요?"
"야, 이 자식아. 뭔 헛소리야. 이 녀석이 개꿈을 꿨나? 빨리 나와서 밥 먹어!"

경종은 인간 세계에 어젯밤에 도착했다지만 실제로 경종의 집에서는 늘 경종이 존재했다. 경종이 인간 세계에 오면서 없던 그의 과거도 동시에 생성된 것이다. 그러니 경종은 당황스럽고 신비롭지만 경종의 가족에게는 경종과의 만남은 특별할 수가 없다. 어제까지도 한집에서 함께 지내던 아들일 뿐이다.

그러니 가족은 아무렇지도 않은데 경종만 당황스럽다. 물론 당황스러워하는 경종 때문에 가족도 잠시 황당하긴 하다. 얼떨결에 기어 나온 경종은 마지못해 식탁에 앉는다. 지구별에서 먹는 첫 끼…… 뭔가 익숙하지가 않다. 수저를 드는 것부터가 어색하다. 긴장감에 벌벌 떠는 손으로 수저를 잡는 경종을 이번에는 경종의 아버지가 쥐어박는다.

"아, 이 자식이! 아침부터 수저도 제대로 못 잡아?"

걸걸한 목소리로 상소리를 시전하는 어머니에게 놀란 경종은 한층 더 걸걸한 음성으로 상소리를 내뱉는 아버지에게 다시 한번 놀란다.

하지만 놀람과 동시에 어머니가 끓여준 된장찌개 맛에 놀랐던 긴장감이 다 사라졌다. 그냥 그 찌개를 한 모금 입 속으로 넣는 순간, 긴장으로 얼어붙어 있던 몸이 녹는 것 같았다. 그는 좀 전까지 아버지, 어머니의 상소리 또한 애정에서 근거한 것이었음을 알게 되었다.

그렇게 시작된 경종의 하루다. 남들에게는 그저 평범한 하루인데 경종에게는 너무도 특별했던 그날! 그에겐 모든 것이 처음이었다. 지구에서의 첫날, 지구에서의 첫 식사, 지구에서의 첫인사, 그리고 이제 곧 있을 지구에서의 첫 등교. 모든 것이 신비로웠고 신기했다. 경종은 잠시 자신의 미션도 잊을 정도로 지구의 독특함에 빠져들어 가고 있었다.

아침을 먹고 학교란 곳에 처음으로 등장했다. 경종이 지구에 올 때 가장 기대했던 것이 학교이기도 했다. 천상 세계에서도 그러했듯, 학교란 곳처럼 아름답고 정겨운 공간도 없었다. 고등학교 신분으로 지구에서의 삶을 시작한다고 했을 때도 학교에 갈 수 있다는 것 때문에 잠시나마 기분이 좋았던 경종이었다.

그는 집에서의 어색함을 학교에서는 드러내지 않으리라 마음먹었다. 애써 어색한 표정을 감춘 채 교실 안으로 들어섰다. 방긋 웃는 미소도 장착했다. 경종은 오늘 그들을 처음 보지만 그들은 경종과 계속 한 교실에서 공부해 왔다. 그들에게 있어 경종은 어제까지도 함께 공부했던 익숙한 존재일 뿐이다. 그러니 경종은 더욱더 자연스럽게 행동해야 했다.

문을 열고 아무렇지 않게 웃어 보였지만 처음 보는 그 친구들은 늘 그래왔던 것처럼 같은 표정으로 경종을 바라보았다. 내 미소에 반응하는 대부분의 시선은 날카로운 눈빛으로 채워져 있었다.

'뭔 일 있나? 아니면 내가 어제 뭐 잘못한 게 있나?'

경종은 바로 알아차렸다. 자신이 어떤 잘못을 해서가 아님을. 이미 교실 안에는 익숙하리만치 당연하게 계급이란 것이 존재하는 것 같았다. 적어도 천상계에서 온 경종이 그 분위기를 못 느낄 리 없었다. 하지만 그렇다고 해서 등교 인사를 거를 수도 없는 노릇이었다.

"아, 안녕."
"……."

첫 번째로 경종의 인사를 받은 한 학생은 역시나 반응이 없었다. 그의 눈빛은 마치 '니가 뭔데 나에게 인사를 건네느냐'라는 뉘앙스를 가득 담아내고 있었다. 그렇다. 그는 경종과는 다른 계급의 아이임이 틀림없었다. 경종이 지나갈 때, 표정을 잠시 일그러뜨리는 듯한 것 또한 그의 계급이 경종보다 한참 위에 있음을 시사하고도 남음이 있었다.

경종은 민망함이 밀려와 얼른 다른 쪽을 보며 인사한다. 가장 먼저 눈에 들어온 또 다른 녀석에게 말이다.

"아, 안녕?"
"어, 안녕!"

인사를 받아주는 것을 보니 경종과 같은 계급이거나 경종과 하위 계급임이 틀림없었다. 경종은 직감했다. 날선 눈빛을 담은 눈들의 비율을 보였을 때 이미 자신은 학급 안에서 하위계급에 속하고 있음을.

자신의 자리에 앉은 경종은 한숨부터 나왔다. 호메로스도, 레오나르도 다빈치도 이런 서글픈 과정을 겪었으려니 싶어 애잔한 마음이 감돌았다.

하지만 과거 그들의 행적을 떠올릴 겨를이 아니었다. 지금 자신의 코가 석 자이니 말이다. 그는 앞으로 이런 사람들을 데리고 대체 무엇을 해야 하나 싶었다.

아직 고등학생밖에 되지 않은 아이들의 세계 안에 펼쳐 있는 계급사회는 그들의 앞날을 더욱 분명하게 예고하기에 더욱 초라해 보일 뿐이었다.

일주일 후, 기말고사 기간이 시작되었다. 경종은 인간 세계에 올 때 이미 탁월한 지적인 능력을 탑재한 바 있다. 경종뿐만이 아니라, 호릴리우스가 호메로스의 이름을 안고 인간 세계에 왔을 때도, 레난드로가 레오나르도 다빈치의 이름을 안고 인간 세계에 왔을 때도 마찬가지였다.

그런 경종에게 기말고사는 시험이라고 할 것조차 없는 간단한 일이었다. 고민이 있다면야 일부러 몇 개를 틀려주어야 한다는 것 정도……. 그럴 듯하게 몇 개를 틀리긴 해야 하는 데 죄다 쉬운 문제뿐이라 일부러 틀릴 문제를 고르는 것이 더욱 애매한 상황이었다.

그럭저럭 시험이 끝났다. 일주일 가량이 지났을까. 늘 그랬던 것처럼 등수가 적힌 표가 복도에 붙었다. 시험 성적을 공개하지 않는 것이 원칙이라고 들은 바 있지만 그 학교는 조금 달랐던 것 같다. 아예 대놓고 모든 것을 공개했다.

물론 경종은 등수에도 점수에도 관심이 없다. 등수는 몰라도 자신의 점수는 확실히 알기 때문이었다. 일부러 세 개 틀렸으니 점수를 어떻게 모를 수 있겠는가. 등수도 별일 없으면 1등이니 볼 필요가 없겠지만 예의상 한 번 쳐다봐 주는 것도 필요할 것 같다고 생각했는지, 경종은 다른 아이들을 따라 그곳으로 갔다. 가만히 보는데 위 라인에 자신의 이름이 없었다. 경종은 당황했다. 찬찬히 자기 이름을 찾아보았다. 저 밑에서야 간신히 경종의 이름이 등장했다.

'김경종: 학급 석차 21/24 전교 석차 356/402'

등수에 관심이 없는 경종이었지만 자신의 등수를 보고는 너무 황당하여 눈을 뗄 수가 없었다. 어느새 입도 벌어져 있었다. 잘못된 것이 분명했다. 모여있는 아이들을 밀쳐가며 냅다 달리기 시작했다. 교무실로 얼른 달려들어 가 선생님께 따지고 들었다.

"선생님! 등수가 잘못된 것 같은데요?"

경종의 갑작스러운 말에 선생님은 더욱 어이없다는 표정으로 응수했다.

"잘못되다니? 다 알면서 왜 그래? 갑자기 찾아와서 뭐 하자는 건가?"
"아니, 제가, 그러니까 제가 세 개밖에 틀린 게 없는 것 같은데 등수가 저렇게 나와서요. 뭔가 바뀐 것 같은데요. 바뀌지 않고서야……."
"아니, 지금 너 뭐 잘못 먹었니? 그렇게 하기로 다 약속해 놓고! 이제껏 잘해놓고 갑자기 이게 무슨 소란인가? 등수 원래대로 해 놓으면 돈도 다시 물어낼 건가?"

경종은 뭔가 상황이 잘못된 것 같았다. 일단 이전에 무슨 일이 있었던 것 같긴 하다. 경종은 지구에 온 지 얼마 안 되었으니 그 전에 무슨 사연이 있었는지 들여다보아야 했다. 이런 상황에서는 신적 능력을 쓰는 것이 가능하기 때문에 잠시 나와 과거의 일들을 소환해 보았다.
신적 능력으로 파악해낸 사연은 이러했다. 그 학교는 값비싼 등록금을 지불해야 올 수 있는 사립 명문 고등학교였다. 들어오기도 힘들뿐더러 들어올 성적이 된다고 해도 아주 비싼 등록금을 내야 했으니, 한마디로 아무나 넘보기가 어려웠다.

알고 보니 경종은 가난한 집안에서 태어난 수재였다. 그렇다면 어떻게 경종이 이 학교에 들어올 수 있었던 것일까? 이유는 누구나 예상할 법할 정도로 뻔했다.

가난한 집안의 수재가 이 세상에 존재한다면 반대급부로 부유한 집안의 둔재가 존재하기 마련이다. 그리고 그들은 서로의 필요를 위해 만나게 되어 있다. 그렇다. 그 부유한 집안의 아들인 수한의 아버지인 김혁수는 경종의 집안에 물질적 보상을 한다는 조건으로 이 학교에 입학시켜주었고 그 대가로 경종이 치르는 시험 점수와 수한의 치르는 시험 점수를 서로 교환하기로 한 것이다.

무엇보다 경종의 아버지가 직장이 없다는 것을 노린 김혁수는 경종의 아버지에게 회사의 수위 자리까지 제공했다. 밥벌이의 기회까지 제공해 준 셈이다. 물론 경종의 아버지는 아들에게 상처를 주는 것 같아 자신의 마음이 더 아팠지만 그 제안을 거절할 수 없었다.

무엇보다 경종이 이런 일로 인해 앞으로의 삶에 큰 타격을 받는 것은 아니었다. 비록 수한을 대신하여 낮은 점수로 고등학교 3년을 보내야 하긴 하지만, 내신성적과 별개로도 좋은 대학에 진학할 수 있기 때문이었다.

어찌 되었든 경종의 집이 건재하려면 수한네 집의 도움이 절대적으로 필요했다. 입에 풀칠은 해야 할 것 아닌가.

그런 모종의 거래 덕분에, 고등학교 입학 이후부터 경종이 치르는 답지는 수한의 답지가 되었고 수한의 답지는 경종의 답지가 되었다. 그런 방식으로 시험을 치르며 아무렇지 않게 2년을 보냈고 나머지 1년도 별다를 것 없이 그렇게 넘어 가고 있었다. 그런데 경종이 갑자기 찾아와 다짜고짜 따지고 드니 선생님 입장에서는 얼마나 당혹스러웠겠는가.

경종은 내막을 알고 난 후 집으로 돌아왔다. 성적이 공개되는 날임을 경종의 부모도 이미 알고 있었지만 아무 말이 없었다. 물어보지 않아도 결과를 아는 까닭이었다. 물론 매번 그랬던 것처럼 아침과는 조금 다른 미안한 표정을 내비쳤다. 경종은 쓸데없이 미소를 지어 보였다. 그 미소 안에는 다양한 의미가 내포되어 있었다.

"아버지. 걱정 마세요. 제가 이걸 견뎌야 아버지 일자리가 보전되는 거잖아요. 어머니. 걱정 마세요. 제가 이걸 아무렇지 않게 넘겨야 이 학교를 계속 다닐 수 있는 거잖아요. 제가 더 견딜게요. 부모님도 더 견뎌주세요. 꼭 성공해서 부모님께 이런 수모를 당하지 않게 해 드릴게요. 아니, 이 세상에 동일한 아픔을 겪는 많은 부모들이 더 이상 서럽지 않게 해드릴게요. 제가 그 사명을 안고 지금 이 세계에 왔거든요."

갑자기 미소 짓는 경종에 뜨끔하는 경종의 부모다. 하지만 그런 느낌이 어색했는지 얼른 걸걸한 음성으로 늘 내뱉던 일상용어를 던진다.

"빨리 밥이나 묵자. 방에 가서 옷 갈아입고 나와라."

아버지의 말에 어머니도 얼른 밥을 차린다. 그렇게 인간 세계에서의 하루는 애처롭게 흘러가고 있었다.

〈with 시〉

우정

자네 집에 술 익거든
나를 불러주오

초당에 꽃이 피면
나도 자네를 부르겠네

백 년 덧 시름없을 일
우리 함께 나누세

초당이 있는 정원에
꽃이 핀다면
내 그들을 초대 맞아
서로의 꽃을 피울 게

담금주 부어가며
일요일 낮에
엔도르핀은 사랑의 메시지

*시조 인용

놀다 가는 나그네

기다리는 설레임이
다가오는 기쁨

떠나가는 아쉬움이
만나자는 기쁨

만나고 헤어짐은 커플이고
사랑과 눈물은 세트 메뉴

올 때도 갈 때도
클럽이야 놀이터

놀다 가는 우리 人生 너와 나는 나그네

쩔지 말자 쩔지 마라
너와 나는 셀럽이다

Scar는 Star로
나는 오늘 놀러 간다

행복이 슬퍼

나는 행복해요
지금도

나는 보고 싶어요
지금도

그날의 순간을 잊지 못해서
당신의 품을 찾아봅니다

지금의 행복은 멀리도 가까이
그대 눈물 그리며 행복해요

사랑했어요 영원히
그대는 모르는 행복

4화
학교도 이미 썩어 문드러져 가고 있었다

등수가 공개된 그날, 부모님께 인사한 후 아무 말 없이 방 안으로 들어온 경종. 말은 하지 않았지만 생각은 많아졌다.

천상 세계에서 조르반으로 지내던 때가 그리워졌다. 지구에 온 지 얼마 되지도 않았는데 벌써 그리워지면 어떡하란 말인가. 그곳에서 함께 농담 따먹기 삼아 이야기하던 일들도 떠올랐다. 한 번은 천상 세계에 있을 때 알레듀스가 이런 이야기를 했다.

"조르반. 그거 알아? 인간 세계에서는 말이지. 절대 극복하지 못할 게 있어."

"알레듀스님. 그게 뭔데요?"

"음, 양극화?"

"양극화요? 무슨 의미신지. 계급화랑 관련된 것 같긴 한데."

"비슷하긴 하지. 계급사회가 아예 굳어진 상태라고나 할까? 인간 세계에는 벽이란 게 있어. 장벽. 절대 넘을 수도 없고 부술 수도 없는 장벽이지. 두 극 사이에는 넘고 싶어도 못 넘는 벽이 존재하는 게야."

"뭐, 여긴 계급이 없나요? 알레듀스님이랑 저만 해도 계급 차가 엄청난걸요?"

"하하하. 여기에도 계급은 있지. 그런데 자네와 내가 극과 극으로 나누어진 것은 아니잖아. 계급이 다른 너와 내가 이렇게 농담 따 먹기 하면서 편하게 이야기를 하는 걸 봐봐. 계급이 있어도 그사이에 장벽은 존재하지 않는 거지."

"아하!"

"장벽이 없으니 극적인 차이도, 차별도 없는 거야. 솔직히 먹는 음식도 똑같잖아. 나라고 더 좋은 음식을 먹는 것도 아니고 말이야. 안 그래? 물론 결정적인 차이가 있지. 돈이라고 하는 게 없단 말이지. 그런데 지구에는 돈이라는 게 있고 말이야. 그게 중요한 차이라고 할 수 있지."

"맞네요. 아무튼 간에 양극화된 인간 세계는 진짜 적막할 것 같아요."

"그러게 말이다. 야. 그런데 세우스님이 다음에 양극화 극복하러 우리 중 누군가를 보내면 어떡하냐. 하하하. 물론 그럴 리는 없겠지만 말이다."

"그러게요. 간다고 해도 저는 아닐 것 같으니 걱정 안 해요. 하하하."

그 사이 세우스가 그 둘의 대화를 듣고 있다.

"아니, 어떻게 내 계획을 다 알고 있지? 양극화의 근본적인 문제 해결을 위해 누군가를 파견하려는 걸 말이야. 심지어 내가 조르반을 보내려고 염두에 두고 있는 것도 알고 있는 것 같은 눈치인데?"

몰래 엿듣는 세우스, 그리고 아무것도 모른 채 환하게 웃고 있는 알레듀스와 조르반. 그 일이 있고 얼마 후, 조르반은 그렇게 인간 세계로 오게 되었던 것이다.

물론 그때 세우스가 걱정하던 것은 양극화 문제뿐만이 아니었다. 비열한 인간 사회에서는 인간의 탈을 쓰고 짐승과 다를 바 없는 일들이 자행되고 있었다. 사람의 기본적인 인권을 무시한 채 각자의 정욕대로 살아가는 모습 말이다. 그렇게 세우스는 그 숱한 문제들을 염두에 두며 인간 세계로의 파견 프로젝트를 다시 계획했다.

세우스의 의도를 아는지 모르는지, 경종은 그때의 천상 세계에서의 여유로웠던 기억을 떠올리면 웃음을 짓는다. 잠시라도 그리운 그들을 생각하니 미소가 차올랐다. 하지만 현실을 직시하고 나니 다시 서글펐다. 이내 혼잣말로 중얼거렸다.

"아, 다들 너무 보고 싶다. 세우스님도, 알레듀스님도, 모두 보고 싶다."

정작 그곳에 있을 땐 별로 관심도 안 보이더니 오늘따라 그들이 사무치도록 그리운 경종이다. 아무래도 인간 세계에서 마주한 서러움이 그들을 더욱 그립게 만드나 보다.

하지만 서러움과 그리움에 젖어있을 때가 아니다. 오늘 이 기분은 전초전에 불과하다. 이제 경종은 해야 할 일이 조금씩 선명해지는 느낌에 자신을 더욱 다 잡는다.

다음날, 과도한 스트레스 때문인지 경종은 조금 늦게 일어났다. 한마디로 지각을 할 위기에 처한 셈이다. 역시나 늦었다. 교문을 통과하자니 벌을 서는 게 두려웠다. 다행인지 몰라도 극소수 학생만이 아는 비밀 통로가 있다는 것을 경종은 알고 있었다. 지각을 해도 걸리지 않게 들어올 수 있는 통로 말이다. 나무 틈을 조금 헤치고 오다 보면 학교 안으로 들어올 수 있는 작은 담이 있는데, 그걸 넘으면 걸리지 않고도 등교가 가능하다.

치사한 방법이긴 하지만 경종은 인간 세계에서 선생님께 혼이 난다는 게 아직 익숙하지 않았던 터라, 몰래 그 길로 들어왔다. 작은 담을 간신히 넘고 안도의 한숨을 내쉬었다.

"휴, 다행이다. 교실로 가자."

교실로 향하려는데 갑자기 괴기한 소리가 들렸다.

'퍽.'
'착.'
'푹.'

사람 목소리는 아닌 것 같고 그렇다고 사물 소리도 아닌 것 같았다. 소리가 나는 쪽으로 슬그머니 다가가 보았다. 익숙한 뒤통수가 보였다.

'누구지? 누구였더라?'

가만 보니 수한이었다. 수한만 있는 게 아니었다. 앞에는 경종의 반 여학생이 슬기도 있었다. 고등학생 남녀가 같이 있는 것을 보니 애정행각이라도 벌이는 게 틀림없었다. 경종은 얼른 자리를 피해주어야겠다고 생각했다. 그런데 아까 나던 소리가 다시 들려오는 게 아닌가.

'퍽.'
'착.'
'푹.'

고개를 돌려보니 수한이 슬기를 때리고 있었다. '퍽' 소리는 몸을 때리는 소리였고 '착' 소리는 뺨을 때리는 소리였고 '푹' 소리는 배를 때리는 소리였다.

사실 슬기는 청순가련한 외모로 경종이 학교에 처음 올 때부터 유독 눈에 띄던 소녀였다. 그런 가냘픈 소녀가 아무렇지도 않게 맞고 있다는 게 당황스러웠다.

경종은 몸을 숨긴 채 계속 지켜봤다. 수한은 단순히 때리기만 한 것이 아니었다. 슬기에 대한 희롱을 멈추지 않았다.

'인간 세계에만 존재한다던 성희롱이 저런 것이었나 보다.'

경종은 흠칫 놀랐다. 수한은 슬기의 몸을 계속 만지며 희롱하고 슬기는 피하고 거부했다. 하지만 피할수록 슬기는 더 맞아야 할 뿐이었다.

말려야 하나 싶었지만 순간 경종은 아무것도 할 수 없었다. 특히나 이 친구는 수한이 아닌가. 선생님께라도 보고드리는 게 맞겠다 싶었지만 그것도 차마 하기 어려웠다. 그러면 자신이 지각한 게 들통이 날 테니 말이다. 그 상황에서 경종이 할 수 있는 것은 그냥 도망가는 것뿐일 것이다.

교실에 슬쩍 들어온 경종은 맞고 있던 슬기의 모습이 계속 떠올라 괴로

왔다. 이윽고 수한과 슬기가 들어왔다. 수한은 아무 일 없었다는 표정으로 앉았고 의기양양한 태도를 유지했다. 슬기 또한 아무 일 없었다는 듯이 앉았지만 수한으로부터의 폭력에 대한 충격을 얼굴에 머금고 있었다. 다만 다른 학생들은 슬기의 아픔과 고통을 눈치채지 못했다. 아니 관심조차 없었다.

쉬는 시간, 경종은 용기를 내어 슬기를 불렀다. 슬기에게 위로라도 해볼까 하는 요량이었다.

"혹시 너 말 못 할 고민 같은 거 있니?"

슬기가 까칠한 표정으로 대답했다.

"고민? 그딴 거 없거든?"

다시 교실로 들어가려는 슬기를 붙잡고는 다시 진지하게 물었다. 아까 그 광경을 몰래 보고도 도망친 것이 못내 미안했던 탓이었다.

"아니, 슬기야. 다른 의도는 없어. 걱정되는 것이 있어서 그래."

슬기는 경종을 흘겨보더니 팔을 뿌리쳤다. 동정받기 싫다는 눈빛이 역력했다. 더 이상 경종으로부터 아무 말도 듣고 싶지 않다는 표정을 지으며 교실로 들어갔다. 경종은 슬기의 상처가 꽤 깊었음을 짐작할 수 있었다. 단순히 어제오늘의 일이 아니었다고나 할까.

더 이상 경종은 가만히 있을 수 없었다. 선생님에게라도 이 상황을 말씀드릴 필요가 있다고 생각했다. 경종은 얼른 교무실로 향했다. 다짜고짜 담임 선생님 앞으로 갔다. 얼마 전, 성적에 대한 항의를 할 때와 비슷한 상황이었다.

"선생님, 드릴 말씀이 있습니다."
"음, 뭔가? 이제 수업 들어가봐야 되니 빨리 말해."
"저, 슬기에 대한 이야기인데요. 저기 슬기가…….."
"뭐 슬기?"
"네, 슬기가요. 그러니까 저……. 슬기가 수한이한테 글쎄 맞는 것 같다 ……."

교사는 말을 얼른 끊었다.

"그런 이야기라면 더 들을 것도 없네. 빨리 수업이나 들어가. 나도 수업 들어가봐야 돼."
"아, 네……. 알겠습니다."

얼마 전에 수한과 성적이 바뀐 문제로 항의했을 때의 민망함보다 더 한 민망함이 밀려왔다. 뭔가 다 아는 것 같으면서도 교사는 모르는 체했다. 아니, 오히려 경종을 한심하게 바라보았다. 문제가 되지도 않은 것을 문제로 가지고 온 것처럼 원망의 눈빛을 보내는 듯했다.

경종은 직감했다. 담임교사가 이미 수한의 집안으로부터 큰 뇌물을 먹었다는 것을 말이다. 더 이상 아무 말도 할 수 없었다. 이미 그의 눈빛은 뇌물로 인해 흐릿하다 못해 탁해져 있었다.

담임 교사는 수업에 들어가려고 책을 주워 든 채 복도로 나갔고 경종도 힘없이 자기 교실로 들어갔다. 반대편으로 가는 담임 교사 옆에 다른 교사가 착 들러붙은 채 질문했다.

"저 학생 뭐라고 해? 왜 저래?"
"에휴. 답답이 정말."

경종에 대해 어이없다는 말을 하며 담소 나누는 듯한 분위기를 연출하는 두 교사. 경종은 괜한 찜찜함에 그들의 이야기를 엿듣고 싶었다. 좀 있으면 수업이 시작한다는 사실도 간과한 채 반대편으로 가던 교사의 뒤를 몰래 쫓았다.

내 고향의 계약서

고요한 밤에 까만 우산 하늘 아래
팔베개하고 누워
작은 눈동자 이리저리 구른다

멍석 아래 잔디는 내 등을 받치고
마음은 초원의 사슴으로 하늘을 나네

우산 속에 가득 찬 별빛 가루는
내 눈의 사이키 불빛

빛나는 줄기와 눈망울은 마음의 향기를 타고
까만 뚜껑을 열어젖힌 채
저곳으로 퍼진다

마음의 고향이 여기던가
살던 고향이 여기던가
원초의 고향이라 천국의 향수를 가슴에 담는다

징

깊고 깊은 우물 속에서
뱃고동 같은 울림이 솟는다

북소리의 리듬이 터지고
둥둥둥둥
파파 팡팡팡

리듬에 얹힌 소리가 밖으로 퍼진다

징징 치치 칭칭칭

무겁고 적막한 밤의 천지에 울린다

지지 징징징

울립니다 울려
징 소리가

마디마다 매듭마다 설켜
헤칠 수 없는 천지에

억눌림에 풍성하고 고요한 소리는
징의 울림으로
울리네 울려

들리지도 느끼지도 않는 밤의 끝을 향해
여명이 올지도 모르는 채
저 밤의 끝을 향해

징이 울립니다

지지 징징징 치치 칭칭칭
쿵쿵 칭칭 치지칭

비가 내린다

한 방울은 기쁨이고
두 방울은 슬픔이고
세 방울은 괴롭고
네 방울은 사랑이네
다섯 번째 방울은 풍진의 세상에서 즐거움이라

주룩주룩
방울방울은 근심이라
저마다 안고 가네

풍류의 방울
빗방울 계속 내릴까

5화
인간이지만 인간 대우를 받지 못하는 인간들

몰래 두 교사의 이야기를 엿듣기 시작한 경종은 이내 충격에 휩싸인다. 그들의 대화는 상상을 초월했다. 경종이 생각한 것보다 수한은 폭력적인 사람이었다. 아니, 경종은 더 이상 수한을 사람이라고 생각하고 싶지 않았다.

그가 엿들은 두 교사의 대화는 이러했다.

"왜? 경종이가 뭐라 그러는데? 아까부터 씩씩거리면서 교무실 들어오길래 궁금해서 말이지."
"아니, 수한이가 슬기를 때렸다면서 오바하잖아. 그게 무슨 별일이라고.”

“하하하. 아니 때린 것 가지고 그러는 거야?”

“뭐, 때리면서 이리저리 만지고 그런 것도 다 봤겠지. 에휴. 순진한 건지 바보 같은 건지.”

“그러게. 경종이 이 녀석, 수한이가 슬기 성폭행한 거 알면 아주 난리나겠구먼그려.”

“그러게 말이야. 그런데 뭐, 가만 보면 심각한 일이긴 하지. 우리 둘이야 수한 아버지에게 큰돈 먹었으니 잠자코 있는 거지……. 사실 다른 교사들이 알아도 난리 나긴 할 걸.”

“그치. 우리도 입단속 잘하자.”

“그런데 슬기 이년도 참 불쌍하긴 해. 이쁘장하면 뭘 해. 돈 없으면 그렇게 당해도 할 말 없는 거지 뭐.”

“그러게. 돈 없는 게 죄지. 안 그래? 부모가 돈이 많았어봐. 상상키나 할 일이야? 가당키나 할 일이냐고?”

“그래. 불쌍한 년이지. 에휴. 아무 소리 못 하고 당하면서 살아야지 뭐.”

경종은 그 자리에서 무너져 내렸다. 슬기가 자신을 뿌리치던 이유를 알 것 같았다. 교사들의 대화는 계속 이어졌다.

“아니, 근데 그렇게 불쌍한 것 같지도 않아. 수한이네에서 등록금도 대주는 데 뭘.”

“그러게. 어찌 보면 이거 원조교제네? 슬기도 할 말 없는 거지 뭐. 하하하.”

경종은 어느새 분노의 눈물을 흘리고 있었다. 어쩌면 슬기와 자신은 같은 처지인지도 모른다. 수한에게 성적을 헌납하는 자신이나 몸을 바치는 슬기나……. 폭력도 감수하며 참아야 하는 슬기의 아픔을 곱씹으며 무거운 걸음으로 교실로 들어갔다.

역시나 교실 안에서 수한은 아무렇지 않은 얼굴로 시간을 떼우고 있었고 슬기는 풀이 죽은 얼굴로 역시나 의미 없게 시간을 보내고 있었다. 그녀에게 학교란 어떤 곳일까? 그리고 그녀에게 가난은 어떤 의미일까?

얼마 후, 모의고사 날이 돌아왔다. 역시나 이번 시험에서 경종이 맞게 되는 점수는 경종의 점수가 아니라 수한의 점수가 된다. 경종은 슬기 사건에 대한 분노를 아직 잠재우지 못했고 도무지 참지 못할 것 같은 마음에 일을 저질렀다.

일부러 시험 시간에 잠을 청한 것이다. 그냥 자는 척을 하면 리얼리티가 떨어지므로 사전에 양호실에 찾아갔다.

"양호 선생님. 저기 머리가 너무 아픈데 두통약 없을까요?"

"응. 여기. 그런데 시험 보기 전에 먹으면 잠 올 텐데 나중에 먹는 게 나을 거야. 그러니 되도록 다 끝나고 먹으렴."

"그래도 머리가 너무 아파서요. 도무지 시험을 못 볼 것 같아요."

"에휴. 그래도 이거 먹으면 잠 와서 힘들 텐데. 어쩌지? 난 몰라. 이미 경고했다!"

"네. 선생님. 되도록 참아볼게요. 하지만 너무 아프면 어쩔 수 없이 먹을 수도 있을 것 같아요."

"그래. 빨리 낫고 시험도 잘 봤으면 좋겠다."

사실 양호 선생님은 경종이 공부를 잘 못하는 아이로 생각했다. 늘 수한의 점수와 바뀌어 벽보에 붙여지곤 했으니, 본래 똑똑한 아이일 것이라고는 상상도 못 했을 것이다. 만약 성적이 우수한 학생이 찾아와서 두통약을 달라고 요청했다면 그 약을 주지 않았을 것이다. 약 먹고 점수가 잘 안 나오면 자기 책임이 될 수 있으니 두통을 일시적으로 없애는 응급처치를 하는 등의 방법을 쓰거나 졸음이 안 오는 값비싼 두통약을 건네었을 것이다.

경종은 이걸 역이용했다. 자신이 성적이 하위일 거라는 생각에 아무렇지 않게 졸음이 오는 약을 주었을 것이고 겉으로만 걱정하는 척하며 먹기를 만류할 것임을 이미 짐작하고 있었던 것이다.

실제로 양호 선생은 그렇게 했고 이제 경종은 그 두통약을 먹고 시험 시간에 당당히 졸 수 있게 되었다. 그리고 졸게 되면 당연히 시험을 망치게 되고 망친 시험의 성적은 수한에게로 고스란히 돌아간다.

이것은 슬기 사건의 진위를 알게 된 경종이 수한에게 할 수 있는 유일한 앙갚음이었다. 물론 그때까지만 해도 수한은 알지 못했다. 자신이 한 행동이 가져올 결과를 말이다.

경종은 양호실에서 나오면서 황급히 그 약을 먹었다. 빨리 졸음이 쏟아지기를 간절히 바라면서!

역시나 시험이 시작된 뒤 20분가량이 지났을 때 잠이 쏟아졌다. 평소에 절대 졸지 않는 경종이지만 졸음 오는 두통약 앞에서는 방도가 없었다. 아무렇지 않게 잠이 들었고 역시나 시험은 망쳤다. 답지를 걷을 때 부랴부랴 대충 찍어서 넘길 수밖에 없는 상황이 되었기 때문이다. 그는 정말 당혹스러워하며 답지에 대충 답을 표시한 후 넘겼다.

결과가 궁금했다. 저번 시험보다 결과가 더 궁금할 정도였다. 시험 결과가 안 좋길 바라는 마음으로 등수 발표날을 기다려보는 것도 신기한 경험이었다. 물론 수한은 경종이 졸았다는 사실을 전혀 알지 못했다. 자연히 높은 점수를 획득했을 것이라고만 생각하고 있었다.

일주일 후, 고대하던 날이 왔다. 대망의 등수 발표날! 경종은 벽보에 결과가 붙었다는 말을 듣자마자 냉큼 달려갔다. 1등부터 찬찬히 보기 시작했다. 정작 경종은 자신의 등수에는 아무런 관심이 없었다.

수한의 이름은 윗부분엔 없었다. 다행이었다. 계속 아래로 향하는 데 보기 좋게 하위권에 랭크되어 있음을 확인했다. 반에서도 뒤에서 5등이었다. 학급에서는 뒤에서 34등이었다. 그렇게 다 찍고도 이 정도면 나름 좋은 성과가 아닌가 싶기도 했다.

경종은 날아갈 것 같은 기분으로 교실로 들어왔다. 자리에 앉으려는데 앉는 순간 철퍼덕 뒤로 넘어갔다. 수한이 의자를 뺀 것이다. 엉덩방아를 찧은 경종이 겨우나마 일어났는데 이번에는 주먹이 날아왔다. 순간 별이 보이는 것 같았다.

이내 수한은 경종을 질질 끌고 아무도 안 보는 곳으로 데려갔다. 수한으로부터 이런 반응이 올 것이라는 건 이미 짐작하고 있었다. 그러나 예고도 없이 의자를 빼고 또 그것도 모자라 교실에서 뺨을 때릴거라고는 상상도 못했다. 수한은 경종을 앞에 두고 협박하기 시작했다.

"야! 너 미쳤어? 제정신이야? 시험을 그따위로 보면 어떡해? 이 자식아!"
"……."
"뭐야! 이 자식아! 왜 말을 못해? 어?"

경종은 본격적으로 연기를 시전하기 시작했다.

"아니, 저 그게 말이지. 내가 그날 두통이 너무 심했거든. 정말이야. 그래서 시험을 보기 힘들어서 약이라도 먹어야 할 것 같아 양호실에서 두통약을 받았는데 먹고 얼마 되지 않았는데도 잠이 막 쏟아지는 거야. 얼마나 당황했는지 몰라. 최대한 참아보려고 했는데도 안 되더라구. 결국 나도 모르는 사이에 시험 보다 그냥 잠이 들어버린 거지."

역시나 구타가 이어졌다. 맞았지만 그다지 슬프지만은 않았다. 그렇게 해서라도 복수를 한 것 같아 속이 시원했다. 하지만 그 구타로 끝이 아니었다. 그날 저녁, 경종의 아버지는 수한의 집으로 호출되었다. 그것도 모른 채 경종은 집으로 왔고 뒤늦게야 어머니로부터 이 사실을 듣게 되었다.

"경종아. 어쩌면 좋니. 수한이네 경호원들이 아버지를 데리고 가셨어. 너 대체 수한이에게 무슨 짓을 한 거니?"

경종은 얼른 수한의 집으로 달려갔다. 경호원은 경종이 집 안으로 들어오는 것을 막지 않았다. 오히려 흔쾌히 들여보내 주었다. 경종의 아버지가 당하는 수모를 직접 목격하게 하는 게 수한의 바람이었기 때문이다. 어딘가 익숙한 소리가 들렸다. 수한이 슬기를 때릴 때 나던 소리라고나 할까?

'퍽.'
'착.'
'푹.'

연이어 이런 소리가 들렸다. 불길했다. 경종이 집 안으로 들어왔을 때 이미 경종의 아버지는 시퍼렇게 멍이 들어 있었다. 살아있는 게 기적이라 느껴질 정도였다.
경종은 그제야 무릎을 꿇었다. 용서를 빌었지만 소용없었다. 복수는 복수로 끝나는 게 아니었다. 상대의 더 큰 복수를 낳을 뿐이었다.

역시나 경종에게도 폭력이 더해졌다. 경종의 아버지에게도 정신적인 고통이 가해지길 바라는 수한 부자의 뜻에서였다. 경종의 아버지 또한 경종이 두들겨 맞자 피눈물을 흘렸다. 자신이 죽도록 맞은 것에 대해서는 다 잊을 정도로 아들의 아픔에 괴로워했다.

경종 부자는 그렇게 맞고 또 맞았고 그 어떤 때보다 쓰라린 아픔을 느껴야 했다. 그리고는 겨우 밖으로 나왔다. 기다시피 하며 쫓겨나듯 집 밖으로 나오는데 그 즈음하여 김혁수도 차를 타기 위해 밖으로 나가고 있었다. 그걸 본 경종은 아버지에게 말했다.

"아버지. 택시 타시고 먼저 들어가세요. 저는 어디 갈 데가 있어요."

"무슨 소리냐. 이렇게 맞아놓고. 빨리 들어가자."

"아버지. 오늘 너무 죄송해요. 죄송하다는 말씀도 더 못 드릴 정도로 죄송해요. 하지만 아버지가 당한 것 언젠가는 갚아드릴게요. 정말 죄송해요. 일단 오늘은 먼저 들어가세요."

"아니다. 죄송하다니. 내가 못난 탓이다. 내가 돈 많은 아비였으면 너가 그런 수모를 당했겠니."

경종의 아버지는 경종이 일부러 두통약을 먹고 잠을 잤다는 것을 알 리가 없었다. 정말로 경종이 머리가 아파 어쩔 수 없이 약을 먹었다고 생각한 모양이었다. 그러니 나무라지 않았고 오히려 자신이 미안해할 뿐이었다. 그걸 아는 경종 또한 아버지에게 더 죄송해했다. 자신이 복수하느라 그랬다고는 차마 말하지 못한 채 말이다.

"아버지. 정말 죄송해요. 일단 먼저 들어가세요. 저는 어디 꼭 가야 하거든요."

"그래도 경종아, 이 밤에 어딜?"

경종의 아버지는 불길했다. 혹시 경종이 극단적인 선택을 하는 건 아닌가 했다. 경종 역시 그런 우려를 할 아버지가 염려되어서인지 먼저 안심시켜드렸다.

"아버지. 아버지가 생각하는 그런 거 아니에요. 걱정 마세요. 자정 안으로는 들어갈게요."

얼른 택시를 잡아 아버지를 태워드린 후, 경종은 택시를 타고 도망치듯 혁수의 뒤를 쫓았다.

마침 그때 맞춰 혁수의 차가 주차장에서 나와 어디론가 향하고 있었다. 경종의 집안 형편상 택시 값이 꽤나 들겠지만 아깝지 않았다. 일단 경종은 수한 아버지의 약점을 하나라도 더 잡아야 했기 때문이다.

혁수가 이 밤에 가는 곳은 어디일까? 늘 데리고 다니던 경호원들도 대동하지 않는 모습에 경종은 더욱 의아함을 느낄 수밖에 없었다.

별들마저

안과 밖이 같으니
안을 보아 깨닫고
밖을 보아 꿈을 꾼다

서쪽별이 떨어지니
동쪽별이 지고
남과 북의 별들마저
깜빡이며 울어댄다

해와 달은 어찌할 줄 몰라대다
뜨고 지길 교대하네

깊은 사랑 1

나는 몰랐어요
그대가 울고 있는지
아픔을 참고서도
웃고 있는 줄

무심한 나에게만 즐거웠던걸
당신의 사랑이 무너지는 줄

아
아아
아 아
아 아 아
당신의 그 마음은
등 불 입 니 다

전봇대 가로등

낮에는 태양이
밤에는 내가
길목마다 오가는 지친 그들에게
나 비추어 주고 싶다

무릎에
이마에
팔뚝에 맺힌 아픔보다
품고 있는 가슴의 멍울을
풀어줄 길을 비추어 주고 싶다

빛바랜 등불인가
빗줄기에 묻혔는가
작은 동그라미 하나 밝히기 힘에 부친다

낮에는 태양이
밤에는 달빛 비추니

허리띠 동여맨 전봇대는
달빛과 어울린
나의 버팀목

6화
비밀통로에 담긴 비밀

혁수가 가는 곳은 국내 최고의 명성을 자랑하는 호텔이었다. 경종의 입장에서 상상을 하지 못했던 것은 아니었다.

아니, 경종은 이미 혁수가 가는 곳을 짐작하고 있었다. 이 밤에 일 때문에 어딜 갈 인물은 아니었기 때문이다.

이 밤에 호텔에 기사나 경호원을 대동하지 않고 들어간다는 것은 굳이 말하지 않아도 뻔했다. 무엇보다 수한이 슬기에게 하는 행동을 보았기 때문에 김혁수 또한 성적으로 문란할 것이라 판단했다. 그러기에 그 밤에 어딘가를 향해 급히 나갈 때부터 뭔가가 있을 거라 여겼다.

'역시나 부전자전이구나.'

부전자전이란 말이 생겨난 것은 바로 이때를 위함이 아닌가 싶었다. 실제로 수한처럼 아버지인 김혁수도 문란했다. 아니 수한의 아버지가 문란했기 때문에 수한 또한 문란하다는 게 더 맞는 말일 것이다.

경종은 김혁수가 도착한 곳으로 들어갈 수는 없었다. 그곳은 VIP들만이 들어갈 수 있는 곳이니 말이다. 하지만 들어가는 장면이라도 사진을 찍어두었다. 유비무환이라고, 무엇이든 하나라도 준비해 놓는 것이 그에게는 지혜로운 선택이었다.

'물론 이 사진을 찍는다 한들 달라질 것이 없어. 하지만 언제라도 이 사진이 중요한 증거가 될지도 몰라.'

물론 이걸로 언젠가 복수하면 더 큰 복수가 날아올 것을 누구보다 잘 알고 있는 경종이었지만 그렇게라도 해야 아버지에 대한 미안함이 조금이나마 가실 것 같았다.

한편 호텔로 밀회를 즐기러 들어가는 듯한 김혁수를 보며 처참함을 느꼈다. 좀 전에 수한의 집에서 화기애애한 척하던 수한의 아버지와 어머니의 모습이 오버랩되기 시작했다.

'수한의 아버지와 어머니가 좀 전에 보여준 다정한 모습은 다 쇼윈도에 불과하단 말인가?'

그 사실에 더욱 소름이 돋았다. 그들의 가식적인 미소가 그의 마음을 더 찢어 놓았다. 문득 이런 궁금증도 생겼다.

'과연 수한의 어머니는 이 사실을 알고 있기나 할까? 자기 남편이 하고 있는 짓을?'

왠지 수한의 어머니도 다 알고 있을 것만 같았다. 적어도 수한의 집안이라면 그러고도 남을 것 같다는 생각이 들었다.

한편 김혁수는 호텔 안으로 들어갔다. 그의 걸음걸이는 너무도 당당했다. 당당한 그 소리만 들어도 조금도 양심이 거리낌이 없음을 짐작할 수 있었다.

수한이보다 당당할 수 있었던 데에는 다 이유가 있다. 그는 그 누구도 눈치채지 못할 비밀 통로를 이용할 수 있었기 때문이다. 통로를 이용하는 것은 이 호텔의 소유주만이 가질 수 있는 특권이었다.

물론 소유주인 김혁수만이 다닐 수 있는 비밀통로가 있었던 것은 아니다. 이 호텔에는 비밀통로가 무려 세 개가 더 있었다. VIP 고객들만이 이용할 수 있는 비밀통로였다. 물론 그 고객들의 대부분은 정계 인사들이었다.

비밀통로가 존재하는 이유가 뭘까? 비밀스런 논의를 하기 위해서일까? 비밀리에 작전을 짜기 위해서일까?

아니었다. 비밀통로가 있는 이유는 한 가지뿐이었다. 비공개적으로 여성들과의 만남을 갖게 하는 것이 비밀통로의 존재 목적이었다. 아니, 엄밀히 말하면 이 호텔이 세워진 이유 자체가 이런 목적 때문이었다. 고위층들의 정욕을 마음껏 해소하게 하려는 목적으로 이런 건물이 세워졌다.

사실상 고위층의 밀회는 이 호텔이 아니고서도 버젓이 펼쳐진다. 그러나 아무리 비밀리에 만남을 갖고 부정한 짓을 저지른다 한들, 언젠가는 공개될 위험을 안고 있다.

가령, 적대적인 관계에 있는 사람들이 기자나 파파라치를 보내 언론에 공개할 수 있기 때문이다. 혹은 같은 편에 있던 누군가가 한순간에 배신을 하고 그릇된 만남을 만천하에 공개할 수도 있기 때문이다.

그런 이유로 이미지를 끝까지 잘 지켜야만 하는 최고위층은 철저하게 비밀 유지를 하는 데에 각별히 신경을 써야 했다. 아무리 좋은 호텔이라고 할지라도 이용하기를 꺼렸다.

그렇게 해서 세워진 곳이 바로 이 호텔이다. 김혁수를 비롯, 국내 최고위층들의 욕망을 풀게 해줄 쓰레기장이라고나 할까? 물론 속은 영혼의 쓰레기장이나 다름없지만 겉으로 드러나는 바는 화려하고 반짝일 뿐이다. 이미 국내에서는 최고급 호텔로 인식되고 있으니 말이다.

특히 이 호텔은 수익금의 일부를 어려운 이웃을 돕는 데에 쓴다며 대대적인 홍보를 하기도 한다. 그래서 대중들에게는 좋은 이미지를 얻기도 했다.

그 대중들은 호텔에서 벌어지는 일들을 알 리가 없다. 그저 국내에서 가장 좋은 호텔에, 사회적인 자선활동도 많이 하는 모범적인 호텔로만 인식될 뿐이다.

바로 그런 호텔의 비밀통로를 김혁수가 지나가고 있었던 것이다. 정말로 아무도 모르게.

한편 혁수는 그날 호텔에서 늘 그렇듯, 미연과 밤을 보냈다. 미연은 혁수의 기업에서 주최한 미인대회에서 최종 우승을 한 여성이다.

기업의 홍보대사를 선발하겠다는 목적으로 주최한 미인대회지만 가끔 혁수는 마음에 드는 여성이 수상을 할 경우, 소리소문없이 빼돌린다. 기업 홍보를 하는 미의 대사로 선발된 여성을 자신의 소유로 삼기 위함이다.

이 사실은 그 누구도 알지 못한다. 우승자가 사라지면 그냥 그러려니

하곤 했다. 혁수의 기업 임원들을 비롯, 관계자도 모른다. 아는 사람이라곤 혁수의 최측근 비서뿐이다. 미연 또한 이런 케이스로 혁수의 품 안에 들어왔다.

사실 미연은 돈이 간절히 필요한 여성이기도 했다. 가진 것이라곤 미모밖에 없었던 만큼 어떻게 해서든 얼굴로 승부할 수 있는 일에 뛰어들려고 했다. 그런 중에 혁수의 기업에서 내건 미인대회 포스터를 보게 되었고 출전하게 되었다.

그러던 그녀였기에 혁수가 홍보대사 대신 자신의 노리개가 되라는 제안에 굳이 거절할 필요가 없었다. 홍보대사를 통해 벌어들일 수익에 비교할 수 없을 만큼의 큰 금액이었기 때문이다. 적어도 그녀는 자신이 몸과 마음보다 돈이 더 중요했다.

미연은 그때부터 지속적으로 물질적인 후원을 받았고 혁수는 마치 자신이 한 여성에게 자선을 베푸는 양 뿌듯해했다. 양심의 가책은 조금도 느끼지 않았다.

물론 그러면서도 남몰래 비밀통로를 거쳐 호텔에 들어가 미연과 만남을 갖는다는 것은 분명한 모순임이 틀림없었다. 스스로 당당한 사람답게 행동을 하지 못하고 있으니 말이다.

그러나 혁수가 미연만을 만나고 있는 것은 아니었다. 그날은 미연과 만남을 가졌지만 그다음 날은 다른 여성이 기다리고 있었다. 그녀 또한 넉넉한 물질적 후원을 받았다.

그리고 그다음 날은 다른 여성이, 다음날은 또 다른 여성이 혁수를 기다리고 있었다. 혁수에게는 그렇게 다양한 여성을 만나는 것이 인생의 낙이었다. 집 안에 있는 아내, 영주는 더 이상 그에게 의미가 없었다. 그에게 있어 아내의 의미는 단 한 가지뿐이었다. 바로 수한을 이 세상에 낳아준 것이다.

혁수는 자신의 기업을 이을 아들이 필요했고 그걸 혁수의 아내가 해냈다. 그럼 된 것이다. 더 이상 혁수의 아내는 혁수에게 아무런 의미를 부여하지 못한다. 곧 가치를 잃었다는 셈이다.

실제로 혁수는 집에 와도 혁수의 아내와 시간을 보내지 않는다. 한집에서만 살 뿐, 그냥 남남일 뿐이다.

물론 누군가가 집에 왔을 때는 다르다. 그때만큼은 화목한 척, 단란한 척 연기를 한다. 말 그대로 쇼윈도 부부다. 실제로 경종의 아버지와 경종이 수한의 집에 왔을 때도 그렇게 연기를 했다. 경종의 아버지는 초대 손님은 아니지만, 그 앞에서 꽤 멋지고 품격 있는 부부처럼 보이기 위해 가증을 떨었던 것이다.

한편 혁수의 아내, 영주는 혁수의 외도에 대해 특별한 앙심을 품지 않았다. 불만이 아예 없을 수는 없겠지만 크게 원망스럽지도 않았다. 애초에 영주는 혁수와 결혼할 때부터 사랑을 전제하지 않았다.

혁수가 아내 영주를 대를 잇게 할 대상으로만 생각했던 것처럼 영주 또한 혁수는 가시적인 남편에 불과했다. 적어도 어디 나가서 '내가 이런 사람이랑 산다'라고 과시할 수 있게 해 주는 도구라고나 할까? 혹은 돈을 쓰고 싶을 때마다 마음껏 쓰게 해주는 도구라고나 할까?

그야말로 혁수는 영주에게 있어 '물주' 그 이상도 그 이하도 아니었다.

영주가 혁수의 사랑을 기대하지 않는 데에는 또 다른 이유가 있었다. 영주의 입장에서 남성의 사랑은 혁수가 아니어도 충분했다. 지구의 반은 남자가 아니던가! 남편이 자신에게 사랑을 주지 않는다면 다른 남자에게서 사랑을 받으면 되는 것이었다.

혁수가 다양한 여성들과 만남을 갖고 있었던 것처럼 영주 또한 다양한 남성과 만남을 이어갔다. 만남에 있어서는 나이도 무관했다. 젊었을 때는 주로 나이가 많은 남성과 시간을 보냈다면 나이가 들고난 이후로는 젊은 남성들과 밀회를 즐겼다.

영주의 불륜에는 나이 불문이라는 조건이 붙곤 했다. 영주의 재력 때문에 이 모든 것이 성사되고도 남음이 있었다.

영주는 젊은 남성들이 돈을 필요로 한다는 것을 잘 알았다. 그런 돈이라면 충분히 대줄 수 있는 그녀였기에 마흔이 넘어간 후로는 주로 젊은 남성들을 상대했다.

상대가 영주를 좋아하지 않는다고 해도 크게 문제 되지 않았다. 영주 입장에서 데이트나 밀회는 사랑이 아닌 앤조이에 불과했기 때문이다.

특히 영주는 젊은 남성들과의 만남을 다양하게 지속하고자 끊임없이 성형으로 자신의 얼굴을 변모시켜갔다. 물론 자신만 긍정적인 차원에서 변모하고 있다고 생각할 뿐, 다른 이들은 그녀를 보며 변질되어간다고 생각할 뿐이었다. 돈을 얼굴에 들이붓는 만큼 영주는 흔히 말하는 성형 괴물이 되어 갔다.

혁수나 영주나 이성과의 만남에 있어서 사랑을 전제하지 않는 것은 매한가지였다. 그래서 서로의 불륜에 대해서는 함구했다. 알아도 모른 척하는 것이 그들만의 에티켓이었다.

문제는 두 사람 사이에서 태어난 수한이었다. 수한은 부를 다 거머쥔 학생이었지만 한 가지 갖기 못한 것이 있었다. 부모의 사랑이었다.

물론 혁수가 수한의 성적을 위해 경종에게 대리시험을 보게 하는 등 이 일을 저지르기도 했지만 그조차 수한을 위한 것이 아니었다. 수한이 자신의 대를 이어 기업을 물려받으려면 어쩔 수 없이 좋은 성적을 얻고 좋은 대학에 가야 했기에 그렇게 행동한 것일 뿐이었다. 곧 자녀인 수한을 위해서가 아닌 자신을 위한 선택이었던 셈이다.

특히 수한은 태어난 직후로 유모의 손에서 자랐다. 어머니인 영주는 수한을 아끼긴 했지만 적어도 자신보다 아끼진 않았다. 자신을 위해 유흥과 향락을 즐기는 것을 더 우선시 했고 수한은 늘 2인자에 불과했다.

 거기에 수한이 필요로 하는 것이 있어도 돈으로 뭐든 해결되니, 굳이 애정을 쏟을 필요가 없었다. 그렇게 돈을 쓰며 수한의 필요를 채워주는 것만으로도 영주는 자신이 할 도리를 다했다고 여겼다.

 그런 수한은 어릴 때부터 사랑이란 것을 경험해 보지 못했다. 유모가 정성을 쏟긴 했지만 그조차 돈을 받고 하는 것이기에 한계가 있었다. 책임감 있게 수한을 돌보긴 해도, 그 정성 안에 사랑이 스며들어 있을 리 없었다.

 사랑을 모르고 자란 수한이 누군가에게 사랑을 베푼다는 것은 불가능한 일이었다. 오히려 폭력이 더 익숙한 사람이었다. 웃음을 보인다고 해도 매정하고 냉소적인 썩은 미소만 보일 뿐, 따뜻하게 웃음을 지어보인 적이 없다.

 말 그대로 수한은 냉혈한이었다. 혁수의 차가우면서도 매정한 성질을 그대로 물려받았다. 사랑을 주는 법도, 사랑을 받는 법도 몰랐던 혁수였던 만큼 수한도 그 두 가지를 모를 수밖에 없었다. 그 느낌이 어떤 것인지도 이해하지 못했다.

 그렇게 수한의 가정은 이미 파괴된 지 오래였다. 돈과 권력으로 채워진 그곳에 사랑이나 정이 들어갈 틈은 조금도 없었다.

오염되지 않은 꿈

인생을 항해하는 순간에
오염된 의식이 침범하면
바다의 환경이 영향을 받아 배가 뒤틀린다

악몽을 꾸게 되는 바다에선
배가 흔들흔들한다

오염되지 않는 의식에는
눈물은 흘러 강줄기 되고
강물은 흘러흘러 구름 나풀대는 꿈이어라

먹구름 같은 나의 구름은 비가 되어 강으로 스며드니
세상은 돌고 돌아 자업자득이어라

오늘도 구름을 타고 저 멀리 바다로 나아가
내 꿈을 띄워 보리라
넓은 바다에

Simple Life (나그네 당신)

꿈은 세월을 따라 피는가
세월을 버려야 피는가
인연을 버리고 세월을 따르면 희망인가
세월을 버리고 인연을 엮어야 희망인가

나는 무엇을 버리고
무엇을 따르며
어디로 가는가

그대가 오고 가는 길가에
주울 것도 버릴 것도 볼 것도 없네

바람에 안겨 지나는 길목마다 열매가 풍성한 걸
이리저리 한 바퀴를 돌아 주렁주렁 달고 가네

나그네의 오늘 일상
진영의 대결 / Fake news / Fact check / 실검순위 / Game /
인터넷 / 인스타 / 페북 / 밴드 / 유튭 /
편의점 / 혼밥 / 혼술 /
미스.미스터 트롯 / 코로나19 /

물새 한 마리

나
꿈을 꾸었습니다

하늘 아래 구름밭에 연못을 파고
물꽃을 피우고 물방개 춤추는
너와 나의 정원에서
무지개다리 오가고 싶었던

지금은
마을 모퉁이 냇가에서
이리저리 물차고 노니는
새 한 마리

그래도 물소리 들으며
리듬을 맞춰 보네요

아마도
지루했는지 힘겨웠는지
물소리도 리듬도 들리지 않아요
기억 속의 꿈도 연못도 다리도 물소리도

그래서
살아낼 수 있었나 봐요
다 잊은 것 같군요

나
땅에서 하늘을 보며
눈으로 소리쳐 봅니다
대답 없는 하늘은
내 눈을 씻어 주네요
연못도
다리도
물소리도
꿈도
…

7화
돈이라면 무엇이든 다 되는 세상에서

혁수의 집에서 수모를 당하고 난 경종은 다음날 학교로 향했다. 비극적인 현실과 마주해야 했지만 그렇다고 해서 학교를 안 간다고 할 수는 없었다.

마음 같아서는 포기하고 싶었지만 그것이 아버지의 마음을 아프게 할 것 같아 아무 일 없다는 표정을 지으며 학교로 향했다.

"학교 다녀오겠습니다! 오늘 야간자율학습 있어서 아마 늦을 거예요."

늘 야간자율학습을 했으니 굳이 저 이야기를 할 필요도 없지만 한마디라도 더 해드려야 아버지가 안심할 것 같았다. 그냥 평소처럼 '학교 다녀오겠습니다.'라고만 하면 너무 딱딱해 보일 것 같았기 때문이다. 평소에는 아무런 문제가 되지 않은 일이 지금 상황에선 문제가 될 것 같았다. 적어도 어제 일 때문에 상처받지 않았다는 것을 보여주려면 한마디라도 더 해야 했다.

경종의 아버지가 그의 마음을 모를 리 없었다. 아무 일 없었다는 듯이 웃으며 인사를 건네는 경종의 모습에 아버지는 마음이 더 무너져내렸다. 하지만 마음이 무너지는 듯한 티를 내면 안 되었기에 아버지 또한 웃는 표정을 지으며 인사했다. 평소에는 무뚝뚝한 성격에 웃음을 잘 보이지 않지만 적어도 그때는 웃어야 했다. 경종을 조금이라도 안심시키기 위해서는 어쩔 수 없었다.

물론 어제의 상황을 경종의 어머니는 모르고 있었다. 경종의 아버지가 맞은 채로 들어오긴 했지만 어머니에게는 일하다 다친 것마냥 둘러댔다. 어머니 또한 그런 일이 있을 거라고는 상상하지 못했기에 별다른 의심을 하지 않았다. 그런 일을 상상하는 것 자체가 일반적인 사람들이 경험하기 힘든 일이니 말이다.

어쩌면 경종의 가족은 돈은 없어도 사랑과 온정은 지니고 있었다. 아버지는 무뚝뚝하긴 해도 경종의 어머니를 아낄 줄 알았다. 그래서 어제의 일도 말하지 않고 별일 없었다는 듯 하루를 시작했다.

경종의 어머니 또한 경종의 아버지 얼굴에 다친 흔적을 보자 밤새 찜질을 하며 간호했고 아침에도 정성이 가득한 아침상을 차려내었다. 아마 맞아서 생긴 흔적임을 안다면 경종이 어머니는 경기하며 쓰러졌을지도 모른다.

경종은 학교를 향하는 데 발걸음이 도무지 떨어지지 않았다. 잘 다녀오겠다고 했지만 그게 말처럼 쉽지 않았다. 수한의 얼굴을 보면 화가 치밀어오를 것만 같았다.

하지만 무거운 발걸음을 학교로 향하게 할 수밖에 없었다. 교실에 도착하니 늘 그렇듯 수한이 자리에 앉아 으름장을 피우고 있었다. 몇몇 아이들은 수한의 심부름을 하느라 분주했다.

수한과 경종이 순간 눈을 마주쳤다. 경종은 당황스러웠다. 마주치지 않고 싶은 눈빛과 마주했을 때의 기분은 몹시 처량했다. 물론 수한은 경종을 보고도 당황한 기색이 없었다. 어제 자신의 아버지가 경종의 아버지와 경종에게 한 짓을 조금도 미안해하지 않았다.

오히려 경종을 빤히 쳐다보더니 이내 흘겨보기 시작했다. 한 번만 더 내 심기를 건드리면 가만두지 않겠다는 눈빛을 보내었던 것이다.

역시나 경종이 자리에 앉자 수한은 경종의 곁을 지나가며 밀치듯 경종에게 압박을 가했다. 이것은 어제 그 일만으로는 분이 풀리지 않았다는 신호이기도 했다. 역시나 수한은 경종의 귀에다 대고 한마디 했다.

'앞으로 까불면 죽는다. 시험 제대로 봐라. 알았냐?'

순간 경종은 눈물이 고였다. 그 와중에 수한에게 눈물을 보이고 싶지 않아서였는지 얼른 자리를 박차고 나왔다. 그런 경종을 보며 수한은 비웃었다.

경종은 학교 건물 뒤로 가서 맘껏 울었다. 그런데 다른 울음소리가 들렸다. 여학생의 소리였다. 몰래 소리가 나는 곳 가까이로 가보았다.

'어? 슬기잖아?'

예상은 했지만 정말 슬기가 있을 줄을 몰랐다. 슬기는 서글프게 울고 있었다. 역시나 아침부터 수한에게 당했음을 짐작하고도 남음이 있었다.

그런데 어딘가에서 인기척이 났다. 누군가가 오는 듯했다. 경종은 몰래 숨어서 지켜보았다.

'야, 너 여기 있었냐?'

수한이었다. 교실에 있던 수한이 슬기에게 또 볼 일이 있었는지 그곳으로 행차했다.

'아마 또 폭력을 가하려는 건가?'

경종은 가만히 지켜보는데 이번에는 조금 달랐다. 수한은 슬기의 머리를 다정하게 쓰다듬더니 교복 안 주머니에서 봉투를 꺼냈다. 그러면서 슬기에게 봉투를 던졌다. 친절하게 건네는 방법을 모르는 수한이라서 그런가, 슬기 손에 그냥 쥐어줄 수 있는데도 그렇게 하질 않았다.

머리를 쓰다듬는 것도 잠시뿐, 이내 입꼬리를 올리며 슬기의 머리채를 다시 세게 잡아당겼다. 그러면서 던진 돈봉투를 가리키며 말했다.

'야. 이번 주 용돈이다. 에휴. 불쌍한 년. 너 나 아니면 어떻게 살려고 그러냐?'

그러고는 수한은 유유히 사라졌다. 슬기는 헝클어진 머리를 가다듬을 겨를도 없이 떨어진 돈봉투를 주우려고 했다. 5만 원짜리 지폐가 널브러져 있었고 슬기는 눈물을 삼키며 그 돈을 하나씩 하나씩 주웠다.

'설마 돈을 받고 있었던 걸까?'

경종은 말을 잇지 못했다. 슬기는 그렇게 학비만이 아니라 틈틈이 돈을 받아 가며 수한의 몸종처럼 살아가고 있었던 것이다. 경종은 문득 어제 일이 생각났다. 혁수가 호텔로 향하던 그 모습 말이다. 수한과 혁수의 모습이 오버랩되자 경종은 고개를 절레절레 내저을 수밖에 없었다.

그날 저녁, 경종은 도무지 야간자율학습을 하기 어려웠다. 그냥 심란했고 머리도 아팠다. 교무실로 가서 담임 교사에게 물었다.

"선생님, 저 오늘 야간자율학습 빠지면 안 될까요?"

순간 별이 보였다. 담임 교사는 그사이에 두툼한 책으로 경종의 머리를 때렸다.

"아니, 이 녀석이! 야간자율학습을 안 한다고? 그래! 하지 마! 썩 꺼져. 이놈아!"

경종은 눈물을 삼킨 채 교무실을 나왔다. 교무실을 나오는 순간 또다시 익숙한 목소리가 들렸다. 역시나 수한이었다. 아침에도 지금도 어딜 가나 수한이 등장하여 더 불쾌한 하루였다. 수한과 담임 교사와의 대화도 선명하게 들렸다.

"저 야간자율학습 오늘 빠질 건데요."

여쭤보는 것도 아니고 통보하다시피 알리는 모습에 한 번 놀랐다. 그러나 더 놀라운 것은 선생님의 반응이었다.

"오, 그래. 어디 가나 보구나. 잘 다녀오렴."

경종은 뒤도 돌아보지 않고 도망가듯이 빠져나왔다. 그리고는 가방을 얼른 챙겨 들고 밖으로 나왔다. 바람이라도 쐬어야 마음이 가라앉을 것 같았다.

경종은 야간자율학습을 포기하고 나오긴 했지만 막상 갈 데도 없었다. 집에 가면 부모님이 놀라실 테니 일단 밖에서 버텨야 했다. 일단 버스 정류장에서 멍하니 앉아 있었다.

버스정류장 반대편에 백화점이 보였다. 천상 세계에서 온 지 얼마 안 되었던 경종인지라 아직 백화점은 구경해 보지 못했다. 그래서인지 오늘따라 그곳이 호기심을 자극했다. 그보다도 그곳에 가면 시간을 때울 수 있을 것 같았다. 대충 몇 바퀴 돌면 밤이 될 테니 말이다.

백화점에 들어오니 반짝이는 것들이 가득했다. 비싼 옷들과 비싼 보석, 비싼 가방 등, 집에서는 구경도 못 해본 것들로 가득 채워져 있었다.

'시장은 엄마 따라 몇 번 가봤는데 이곳은 시장과는 전혀 다른 곳이구나.'

15,000원짜리 운동화를 신고 있는 경종은 이내 신발에 적힌 가격표를 보고는 경악을 금치 못했다.

'배, 백만 원이 넘는다고?'

정말로 백만 원이 넘는 신발이 있다는 사실에 넋을 놓고 있었다. 그 모습을 본 주변 사람들이 경종을 의아한 눈으로 쳐다보기까지 했다.

'여기는 내가 구경할 만한 곳이 아니구나. 그냥 나가자. 어디 시장이라도 구경하다 들어가야겠다.'

급히 백화점을 빠져나가려는데 어딘가 익숙한 그림자가 나타났다. 어디서 많이 본 사람 같았다. 가만 보니 그 사람은 학교에서 늘 보던 슬기였다. 교복을 입고 헝클어진 머리로 울고 있던 그녀 말이다.

그런데 분명 슬기가 맞는데, 슬기와 달라 보였다. 순간 쌍둥이가 아닌가 싶을 정도였다. 그녀는 점원과 계산대에서 대화를 나누고 있었다. 물론 대화라기보단 물건 구매를 하는 것이라고 보면 될 것이다.

"이거 얼마예요?"
"백오십만 원입니다."
"네. 결제할 게요."
"일시불로 해드릴까요?"
"당연하죠."

슬기처럼 보이는 그녀는 아무렇지 않게 고가의 가방을 사들었다. 그것도 카드를 내밀며 일시불 결제를 요청했다. 카드는 일반 카드 같지 않았다.

경종은 그녀가 슬기와 닮은 사람이거나 슬기의 언니이거나 슬기와 쌍둥이일 것이라고 믿기로 했다. 학교에서 본 그녀와는 도무지 매치가 되지 않았기 때문이다. 심지어 그녀는 짙은 화장에 화려한 옷을 입고 있었다.

구매한 가방을 들고나오는 그녀와 눈이 마주쳐 버렸다. 순간 경종은 속으로 생각했다.

'놀랄 필요 없어. 어차피 아는 사람도 아니잖아?'

그런데 정작 그녀는 경종을 보더니 흠칫 놀랐다. 그러면서 고개를 휙 돌리더니 급히 저쪽으로 걸어갔다.

'어? 이게 뭐지? 나를 보고 놀라다니! 나를 안다는 거잖아? 그럼 저 여성이 슬기가 맞다는 거잖아?'

도무지 이해가 되지 않았다. 슬기 형편에 이런 곳에 와서 고가의 상품들로 치장을 한다는 것이 말이다. 아무리 수한이 현금을 틈틈이 준다고 해도 그 돈으로 이런 사치를 한다는 것은 이해가 되지 않았다.
얼른 그녀의 뒤를 쫓았다. 슬기가 맞다고 확신한 후 이름을 조심스럽게 불렀다.
그녀는 뒤돌아보지 않고 급히 뛰어갔다. 뛰어간다는 자체가 피하고 있음을 의미하는 것이었다. 이는 그녀가 슬기라는 것을 분명히 알게 해주는 장면이 아닐 수 없었다. 경종은 더 당당히 그녀, 아니 슬기의 뒤를 쫓았다.

"야. 슬기야!"

그림자

그림자
내게 말합니다
힘이드니 눕지 말라고

그림자
내게 말합니다
뭐든 같이 할 테니 힘껏 뛰어 보라고

그림자
내게 말합니다
안아줄 테니 앉아 보라고

그림자
내게 말합니다
뒤에서 받칠 테니 또다시 뛰어 보라고

그림자
내게 말합니다

날이 저물었으니 쉬어 보자고

그림자
내게 말합니다
영원히 같이 할 테니 좋은 꿈 꾸자고

첩경

불빛이 보이는 저곳

이 길인가
저 길인가

곧장 가니 뒷길이고
바로 가니 옆길이네

꼬불꼬불 꾸불꾸불
이리 돌고 저리 돌아
지금도 가고 있는 이 길

역경도 고난도
가난도 성찰도
나를 더욱더 밝혀주니

없더구나
첩경은!

8화
경종, 공자와 대화를 나누며 마음을 달래다

경종은 계속 슬기의 뒤를 쫓았고 이내 슬기는 뒤를 돌아보며 경종을 흘겨보았다.

"왜?"

"아니, 슬기야. 너 그게 뭐야."

"왜? 나는 이러면 안 되냐고! 응?"

"아니, 그냥 나는 학교에서 네 모습과 너무 달라서 말이지. 그리고 비싼 가방을 사는 것도 이해가 안 되고."

슬기는 경종에게 다가오더니 멱살을 잡았다. 수한에게 맞는 것이 익숙한지 어느덧 슬기도 포악한 몸짓에 길든 듯했다.

"너 내가 가난하다고 비웃는 거냐? 응? 그래 나 가난하다. 어쩔래? 그래서 수한이한테 몸 팔고 돈 받아먹어. 그게 뭐 어때서?"

슬기는 경종을 확 밀치는데 순간 카드가 떨어졌다. 아까 결제할 때 내밀던 황금빛 카드였다. 슬기는 카드를 주웠다. 순간 아침에 울면서 현금을 줍던 슬기의 모습이 떠올랐다. 슬기는 다시 덤비듯 이야기했다.

"이 카드 골드카드야. 수한이가 준 거라고. 내 마음대로 써도 돼. 난 돈도 받고 카드도 한도 내에서 맘껏 쓸 수 있어. 그래서 어쩔 건데? 네가 무슨 상관인데?"
"슬기야. 오해했다면 미안. 난 네가 슬기가 아닌 줄 알았어. 지금 야간자율학습 시간이니 당연히 학교에 있을 줄 알았지. 그런데 네가 있는 것도 놀랍고 또 학교에서의 네 모습이랑 너무 달라서 놀랐던 건데……."
"나 야간자율학습 자주 빠지거든? 어차피 내가 빠져도 선생들은 신경 안 써. 너도 신경 쓰지 마!"

경종은 슬기를 빤히 쳐다보았다. 명품으로 치장했다지만 슬기는 너무나도 슬퍼 보였다. 금방이라도 울 것 같았다. 경종은 맞을 각오를 하고 한 마디라도 더 하고 싶었다.

"슬기야, 저기. 힘들지 않아? 수한이 땜에?"
"너 장난하니? 수한이 때문에 이렇게 좋은 것도 다 살 수 있는데. 그게 무슨 소리야? 나 행복해. 정말로! 그러니까 나한테 관심 끄라고! 제발!"

정작 슬기는 이 말을 하면서 눈물을 흘리고 있었다. 자신도 민망했던지 이내 저 멀리 뛰어갔다.

경종도 더 이상 슬기를 잡아선 안 되겠다고 생각했다. 그냥 뒷모습만 바라보았다. 마음이 싱숭생숭했다.

"수한에 대한 폭력과 희롱을 저렇게 푸는가 보다. 너무 슬픈 현실이다."

경종은 자신이 어제 당한 수모는 이에 비해 아무것도 아니라고 생각되었다.

울적해진 경종은 집 앞 놀이터에 왔다. 그날따라 천상 세계의 신들과 이야기를 나누고 싶었다. 경종은 오랜만에 신호를 보냈다.

마침 천상 세계에서도 신호가 왔다. 경종은 누구와 대화할 수 있을지 궁금했다. 하지만 누구든 상관없었다. 천상 세계의 신이라면 그저 반가울 것 같았다.

"조르반, 조르반!"

매번 '경종'이라는 이름만 듣다가 오랜만에 천상 세계에서 불리는 이름을 들으니 경종은 괜히 설레었다.

"조르반, 나야. 나 고리우스! 아 여기서는 경종이라고 불러야겠구나."
"앗! 고리우스세요?"

고리우스는 이 세상에서 공자로 지냈던 인물이다. 조금 특이하게 고리우스는 공자란 이름을 가지고 인간 세계에 파견된 자가 아니었다. 반대로 본래 인간 세계에 있었다가 천상 세계로 불린 사람이다.

인간 세계에서의 사상과 품행이 인간답지 않았기 때문에 헤로스(한비자)와 수리안(순자)가 천상 세계로 올라갈 때 그와 자연을 중시했던 노자의 영혼을 함께 데리고 갔다. 그리고는 천상 세계에서 고리우스라는 새로운 이름을 받게 되었다.

인간에서 신의 세계로 오를 정도로 특별한 존재였고 경종 또한 천상 세계에서 고리우스와 친밀하게 지냈다. 공자로서 지낼 때의 사상에 대해서도 들으며 많은 깨달음을 얻기도 했다.

그런데 지금 고리우스와 이야기할 수 있게 된 것은 더욱 의미심장했다. 어쩌면 세우스가 일부러 고리우스와 대화할 수 있게 했는지도 모른다. 경종은 고리우스와 이야기를 나누려고 하는 순간 자신도 모르게 울음을 터뜨렸다.

"정말 사람들, 너무한 것 같네요. 원래 세상이 이런가요?

"내가 공자로 이 세상에서 지낼 때도 그런 이들이 종종 나타나곤 했지. 그때는 전쟁과 약탈, 폭정과 궁핍으로 정치의 정도가 무너지고, 인간에 대한 예의가 사라졌단다. 혹시 내가 논어를 썼다는 사실을 알고 있나?"

"그럼요. 그때 천상 세계에서도 소문이 자자했죠. 정말 대단한 책이었죠."

"내 입으로 말하긴 그렇지만, 너무 중요한 책이긴 해. 그런데 내가 논어를 쓴 시기 때, 그러니까 춘추전국 시대 때 그 정도로 세상이 흉흉했지. 자고 일어나면 임금이 바뀌고 끊임없는 전쟁과 민란으로 민생은 나날이 피폐해졌으니까. 그렇게 혼란의 시대를 살아가며 나는 현실을 개혁할 수 있는 방법을 치열하게 고민했고, 결국 주왕조 초로 돌아가야겠다는 결론에 이르게 되었네. 그리고 그 돌아가는 방법론으로 효를 제시했지."

경종은 고개를 끄덕이며 답했다.

"그러고 보니 논어의 한 구절이 떠오르네요. '젊은이는 집에 들어오면 효도를 하고 집을 떠나서는 우애로우며, 삼가고 믿음이 있으며 널리 대중을 아끼면서도 인仁한 사람을 가까이한다.'"

경종의 말에 고리우스는 미소를 지었다. 자신이 쓴 책 내용을 외우고 있으니 기분이 좋지 않을 수 없었던 것이다.

"맞아. 그런데 세상은 그렇게 움직이지 않지. 효도도 사라지고 우애도 사라지고 믿음도 사라지고 가족 간의 신뢰가 사라지니 그게 어디 사람 사는 곳이라고 할 수 있느냐는 거지. 그런데 과거보다 지금은 더 심각해져 가는 듯하네. 그래서 경종, 자네가 참 수고가 많아. 세우스도 자네의 노고를 인정하고 있네."

"맞아요. 고리우스님의 사상, 그러니까 공자님이셨을 때 사상적 체계는 모두 이 가족관계에서 유래하셨다고 할 수 있어요. 전부 다는 아니더라도 상당 부분을 차지한다고 들었는데…… 그래서 유가 사상에서 입이 마르고 닳도록 효孝를 중요시한 것이겠죠."

"그래. 듣자 하니 자네 지금 어떤 가정 때문에 많이 힘들다고 했지?"

"네. 고리우스님. 다 알고 계시는군요."

"그럼. 다 알지. 수한이네라고 했나? 나도 대충 들어서 알고 있네. 그 가정은 가정이라고도 할 수 없을 정도로 피폐해져 있더군. 몹쓸 가정이야."

"맞아요. 거기는 가족 윤리 자체가 사라졌어요. 가족이라고 부르긴 하지만 이미 다 파괴된 것이죠."

"그걸 보면서 자넨 무엇을 느꼈지?"

경종은 크게 한숨을 내쉬었다.

"글쎄요. 너무 참담해서 깊이 생각은 못 했어요. 하지만 중요한 건 부모의 영향이 고스란히 자녀에게 이어진다는 것이었어요. 부모가 사람을 사람답게 대하지 않으니 자녀도 그렇게 할 수밖에 없더라고요. 또 자신의 욕정만을 쫓은 채 비이성적으로 살아가니 자녀 또한 그 길을 동일하게 가더라군요."

"맞아. 가족은 동일한 영향권 안에 들어가지. 부모가 물을 흐리면 자녀도 그 흐려진 물에 몸을 담그게 되는 거니까."

"그뿐이 아니에요. 사람을 사람답게 대하지 않아요. 최소한의 예의는 있어야 하는 게 아닐까요?"

경종의 말에 고리우스는 공자였던 시절 자신이 쓴 논어의 일부를 직접 인용하며 대답했다.

"맞네. 인仁이라는 것은 자기가 서고자 하면 남을 일으켜주고, 자신이 이루고자 하면 남을 이루게 해주는 것인데 그걸 해결하지 못하면 이기적인 세상이 되는 거지."

"맞아요. 예전에 천상 세계에 있을 때 고리우스님께 들었던 이야기가 떠오르네요. 인仁이란, 이웃들의 사정을 생각해주고, 타인들의 마음을 헤아리는 것이라고요. 또 인은 사회에서의 기본적인 인간관계를 위한 포석이라는 것도요."

"그래. 맞아. 그런데 그 인이 사라지고 있으니 안타깝지 않을 수 없네.

인은 가장 바람직한 인간이 되기 위해 갖추어야 할 모든 덕德인데 말이야. 인은 선善한 행위의 근원이 되기도 하고 말이지."

경종은 다시 한숨을 내쉬었다. 고리우스의 말을 듣고 나니 이 세상에는 더 희망이 없어 보였다. 수한도 혁수도, 그리고 슬기도 모두 이 세상의 잔혹함을 그대로 보여주는 듯했다.

그들이 이 세상 모든 사람을 대변하는 것은 아니지만, 그 세 사람만 보아도 이 세상이 어느 정도로 심각한 상태인지를 짐작할만 했던 것이다. 여기에 고리우스를 통해 공자의 사상을 되짚어보니 지금의 위기가 더 심각하게 느껴졌다.

무엇보다 지금의 위기를 타개하기 위해 보내진 경종이 아니던가. 그래서 어깨가 더 무거워졌다. 어깨가 무거운 만큼 마음도 무너져내렸다.

한편 고리우스는 경종의 마음을 알아차렸다. 얼른 그를 위로하고자 했다.

"경종. 괜찮아. 힘내게. 괜히 나 때문에 더 심각해진 건 아닌지 모르겠네."

"아, 아닙니다."

"가정이 흔들리면 모든 것이 흔들려. 하지만 이것 때문에 절망하지 말게. 오히려 이건 희망과 대안이 될 수 있어. 가정이 세워지면 다시 모든 것이 세워지고 회복될 수 있다는 희망 말일세. 그렇지 않은가?"

마지막 고리우스의 말에 경종은 다시금 힘을 얻었다.

"그러네요. 공자님, 아니 고리우스님. 아직 제가 잘 할 수 있을진 모르겠지만 가정의 회복을 통해 세상의 회복을 꾀할 수 있다는 게, 뭔가 큰 희망이 되네요. 감사합니다."

"그래. 힘내게. 세우스도 자네가 잘 해낼 것이라고 기대하고 있으니까."

"감사합니다. 천상 세계에서도 저를 좀 격려해 주세요. 오늘처럼 말이에요."

고리우스와 대화를 나누고 나니 한결 마음이 편해졌다. 물론 당장 달라진 것은 없다. 그러나 천상 세계의 신들이 자신을 응원해 준다는 것만으로도 힘이 되었다.

경종은 하늘을 다시금 바라보았다. 과거에 천상 세계에서 지냈던 여유로운 그 삶을 다시 떠올리면서 말이다. 직접적으로 소리는 들리지 않지만여러 신들이 자신을 응원해 주고 있는 것만 같았다.

어느덧 밤 열 시가 되었다. 이제 경종도 집에 들어가려고 일어섰다. 터벅터벅 소리가 날 정도로 그의 발걸음은 무거웠다. 오늘 아침 학교를 향할 때처럼. 그러나 집에 들어와 문을 열자 모든 긴장이 풀렸다.

"이제 왔니? 배고프면 이거 같이 먹을래?"

허름한 식탁에는 경종의 아버지와 어머니가 앉아 있었고 그 위에는 라면 끓인 냄비가 있었다. 냄새가 진동했다.

그 순간 라면의 온기가 경종에게까지 닿는 듯했다. 하지만 그 따뜻함은 단지 라면 때문만이 아니었다. 가족에게서 오는 따스한 온기라고나 할까?

경종의 아버지와 어머니는 무뚝뚝하면서도 따뜻한 미소로 젓가락을 건네었다.

"빨리 와서 같이 먹자."

"그래. 너 올 시간에 맞춰서 끓여놓은 거야. 세 봉지 넉넉히 끓였어."

"에휴. 그러다 얼굴 부으면 어쩌지? 하하."

"뭐, 어때. 다 먹고 살자고 하는 건데."

농담을 주고받으며 라면을 권하는 아버지, 어머니 앞에서 경종은 눈물이 핑 도는 것을 느꼈다.

'아, 이런 게 가족이구나. 참 따뜻하다.'

오늘 하루 겪은 고통과 아픔이 눈 녹듯 사라지는 것 같았다. 문득 고리우스의 말이 떠올랐다. 가족이 회복되면 다 회복된다는 그 말 말이다. 실제로 따뜻한 가족의 온기를 느끼니 경종을 괴롭혔던 모든 것들이 잠시나마 다 사라지지 않았는가.

그렇게 경종의 하루는 그나마 따뜻한 온기 가운데서 마무리되었다. 어쩌면 그 라면에 담긴 부모의 사랑은 고리우스가 준비한 선물이었는지도 모른다.

〈with 시〉

네 잎 클로버

봄비,
이렇게 속삭입니다

클로버 잎사귀에 구르는 이슬처럼
말없이 영롱하게
대지를 적셔 보라고

삶은 그런 거라고
나도 그럴 거라고
ㅠ ㅠ

빈사의 포효

왜 몰랐을까
점을 찍어가는 이 순간을

누가 알았을까
청푸렀던 나날들

한 바퀴를 돌아가는 中

인생

봄에 아지랑이 피어날 때
산길 따라 걸었더니
진달래가 개나리가
나와 함께 웃었다

더위에 힘겨워했더니
커다란 나무 그늘
쉬어가라 하더니

쓸쓸히 찾아온 가을에
꽃도 나무도 그늘도 지나쳐
산길을 나홀로 걷네

어느새 눈이 오고 내 가슴도 하얗고
지천명으로 길을 걸어
왔던 길이 아득하고

꽃이 되고 나무가 되고 그늘이 되어야 하네

옛 생각이 나지만
세상의 모든 것에

내가!
그늘 되어 주리라

9화
사회인으로 첫 발을 내딛다

8년이란 세월이 흘렀다. 시간이 천상 세계보다 더욱 빨리 움직이는 것 같아 경종은 더욱 놀라웠다. 눈 깜짝할 사이에 8년이 지난 듯했다.

인간 세계에 온 지 8년이 되던 그날, 경종은 나름 괜찮은 스펙을 지닌 청년이 되어 있었다. 비록 고등학교 시절 대신 시험을 쳐야 하는 비애를 경험해야 했지만 대학수능시험 성적으로만 지원하는 코스를 택해 우리나라 최고 명문대에 진학할 수 있었다. 나름 엘리트 코스를 차근차근히 밟아가고 있었다.

물론 고3 졸업 후 바로 대학에 들어갈 수 있었던 것은 아니었다. 수한의 수능시험을 대신 치러야 했기 때문이다. 수능시험을 대신 치르는 것은 그 어떤 시험 때보다 긴장감이 넘쳤다.

혁수는 이 일을 위해 거대한 돈을 써야 했다. 수학능력시험 감독관을 매수하는 것부터 만만치 않았기 때문이다. 시험을 볼 때 사진 대조를 해야 하는데 이것부터가 쉬운 일은 아니었기 때문이다. 하지만 혁수는 돈으로 무엇이든지 해냈던 자이기에 매수에 성공했고 사진 대조 작업도 무사통과되었다.

그렇게 경종은 고3을 마무리하는 수능시험 때는 수한 대신 시험을 치렀고 그해에는 대학에 갈 수 없었다. 그리고 그다음 해에야 자신의 이름으로 재도전하여 좋은 대학에 갈 수 있었다.

첫 수능이 끝나고 경종은 누구보다 홀가분했다. 이제 더 이상은 수한의 시험을 대신 치러줄 필요가 없기 때문이다.

"아! 드디어 해방이다!"

물론 이후에 자신의 대입을 위해 수능시험을 더 치러야 하는 부담이 남긴 했지만 지금까지 당한 시련에 비하면 그즈음은 아무것도 아니었다.

그렇게 대학에 들어갔을 때 경종은 다짐하고 또 다짐했던 것이 있다.

"다시는 수한이네 집과 얽히고 싶지 않다. 부디, 제발……. 다시는 마주치지 않길!"

하지만 수한이 경종 덕에 최고 명문대에 들어갔고 수한 역시 그 학교에 들어갔기 때문에 부딪힐 수밖에 없었다. 그래서 생각한 것이 입학하자마자 한 학기만 다니고 군대에 들어가는 것이었다.

어차피 수한은 군대 면제를 받을 게 뻔했다. 그 정도 즈음은 혁수가 돈으로 해결하고도 남을 테니 말이다.

실제로 혁수는 또 거액을 들여 수한이 군대에 가지 않을 수 있게 했다. 그런데 그 스케일도 남달랐다. 그냥 돈을 써서 군대에 안 보낸 정도가 아니었다. 다른 사람을 수한으로 둔갑시켜 군대를 보내는 방식을 취했다.

단순히 돈을 주고 군대를 안 보내면 언젠가는 걸리고도 남음이 있을 테니 그것을 우려한 것이다. 그렇게 혁수는 이를 위해 엄청난 돈을 써야 했다. 그리고 큰돈을 쓴 덕에 수한은 당당한 군필자가 되었다.

물론 혁수는 경종을 자기 아들 대신 군대로 보내려고 했다. 하지만 다행스럽게도 수한이 경종을 찾았을 때는 이미 경종이 군대에 입대한 후였다.

이미 입대한 사람을 어떻게 할 수 없어 포기했고 다른 사람을 섭외해 그만행을 저질렀다. 그러니 경종이 일찍이 군대에 간 것은 행운 중의 행운이었다.

그러나 수한이 대학을 마칠 때까지 군대에서 버티려고 했다. 1년 반 정도 군대에서 버티고 그 후로 어학연수 1년 가고 하다 보면 수한과 마주치지 않을 수 있을 거라 여겼다.

다행스럽게도 대학시절 동안에는 수한이네 집과 얽히지 않았다. 경종은 그나마 대학 시절에는 과거의 수모를 겪지 않아도 되었다. 그리고는 앞으로도 쭉 수한이네와 엮이지 않기를 바라고 또 바랐다.

대학 졸업 후 군대에 들어간 후로는 대기업의 계열사로 있는 한 연구소에 입사하게 되었다. 그날이 바로 오늘이다. 영광스럽고 떨리는 입사 날 말이다. 싸구려 양복이지만 경종에게는 꽤 잘 어울렸다.

경종이 이 회사를 택한 데에는 이유가 있다. 이 연구소는 사회적 기업으로 인공지능 프로그램 개발을 통해 사회 취약층에 기여하는 것을 목적으로 세워졌다.

경종은 이 일을 통해 자신이 일차적으로 할 수 있는 일을 찾고자 했다.

특히 경종은 호메로스나 레오나르도다빈치가 했던 것처럼 문학이나 예술, 순수과학 쪽의 능력을 받고 온 것이 아닌 만큼 첨단과학 쪽으로 승부를 해야 했다. 그렇게 해서 택한 선택에 후회 없이 임하겠다는 각오를 다졌다.

회사 이름은 마이아이였다. A.I 시대를 내가 열어나가겠다는 의미에서 MY A.I라는 이름을 지었다가, 조금 더 줄인 약칭이 '마이아이'였다.

이곳에서 경종이 담당하게 될 임무는 취약층 가구를 위한 인공지능 교육 프로그램 개발이다. 조금 더 정확히 말하면 휴먼 로봇 개발이라고 볼 수 있겠다.

5년 전, 전 세계에 코로나19가 휩쓸면서 교육의 양극화는 중요한 이슈로 자리 잡았다. 가정 수업이 장기화되면서 있는 집 자녀들과 없는 집 자녀들의 교육 격차는 이루 말할 수 없을 정도로 벌어졌다.

이것은 단순히 교육 수준의 차이로 끝나는 것이 아니었다. 교육 격차는 당연히 부의 격차를 더욱 벌어지게 했다.

이를 해결하기 위해 취약층 가구를 위한 인공지능 프로그램이 절실했다. 단순히 화면을 보면서 강의를 듣고 교육프로그램을 활용하는 차원을 넘어, 실제 과외교사가 개인 수업을 해 주는 것과 같은 기능이 간절하게 요구된 것이다.

그렇게 해서 마이아이는 공평한 학습을 위해 교육용 로봇을 만들어가기 시작했고 이를 위해 경종을 전문 연구원으로 초빙하게 되었다.

물론 말이 로봇이지, 인공지능 기반 로봇인 만큼 거의 사람이나 다름없다. 값비싼 사교육을 받을 수 없는 가구에서는 이만한 혜택도 없을 것이다.

한편 이 로봇을 구입하는 것 자체가 취약층 가구에게는 부담이 될 것으로 예상이 되나, 사회적 기업인 만큼 그 부분 또한 문제가 없었다. 국가적

지원이 있으니 취약층 계층은 아주 저렴한 가격으로도 이 시스템을 활용할 수 있었다.

그동안 그들은 학원은커녕 참고서 살 돈도 마련하지 못해 애를 먹었다. 그런 그들이 이 인공지능 로봇을 통해 새로운 교육의 기회를 맞이하게 되었다. 경종은 그 사실에 완전히 매료되어 이 일을 선택할 수 있었다.

경종은 자신에게 주어진 이 일이 앞으로 인간 세계를 회복할 중요한 매개가 되기를 기대했다. 그만큼 프로그램 개발에 더 많은 집중을 하기로 했다.

특히 경종은 연구원 특채로 입사한 만큼 대우가 다르다는 것을 확연히 느꼈다. 과거에 고등학교 때 겪었던 그런 계급적 비애는 더 이상 없는 듯했다. 아니, 특별한 연구원으로 초빙된 만큼, 오히려 과거에 받아야 했던 설움을 한 번에 씻는 듯했다. 후련하고 통쾌하다고나 할까.

하지만 그것으로 흐뭇해할 여유는 없었다. 경종은 최대한 개발을 원활하게 진행될 수 있게 함으로써 취약층에게 빨리 도움을 주고 싶었다. 그들이 질 좋은 사교육을 경험하게 해 줌으로써 인재로 성장할 계기를 마련할 수 있게 한다면 그만큼 빈부의 차를 줄일 절호의 기회는 없을 거라 믿었던 것이다.

그런 가능성에 힘입어서일까, 경종은 첫날부터 커다란 포부를 안고 이 일을 본격적으로 시작하고자 했다.

문득 고등학교 시절의 이야기들이 경종의 머릿속에 계속 떠올랐다. 경종은 수한 아버지, 혁수로부터 돈을 받고 시험 답안을 교환하는 조건으로 좋은 학교에 들어갈 수 있었지만 사실상 사는 곳은 빈곤 가구가 모여 있는 동네였다.

이 말은 곧 경종이 빈곤층의 삶을 누구보다 잘 알고 있음을 의미한다. 그리고 보면 경종은 그 빈곤한 동네 안에서는 갑부나 다름없었다. 좋은 학교를 간 것은 물론 주택 월셋집 2층에 거주했기 때문이다.

이에 반해 대부분 경종의 또래들은 지하나 반지하에서 살고 있었다. 집 안에서 햇빛을 받는 것 자체가 쉽지 않은 그런 하우스 말이다.

그렇게 햇빛 들어오는 것조차 마음껏 만끽하지 못했던 그들이 교육에 투자할 수 있는 돈을 가지고 있기란 쉽지 않았다. 그러다 보니 학교에 다니는 것만으로도 감사하라는 것이 이 동네의 대표 조언으로 여겨질 정도였다.

경종도 마찬가지로 학교라도 다닐 수 있다는 것에 감사하면서 그 동네를 지나 명문 고등학교 안으로 들어가곤 했다. 하지만 도보로 학교에 다니다 보면, 의도치 않게 잘 사는 옆 동네에서 줄곧 나오는 값비싼 차들과 계속 마주쳐야 했다.

당연히 그 차 안에는 비싼 사립학교에 다니는 아이들이 타고 있고 앞자리에는 등교 전용 기사가 자리해 있다.

그런 아이들이 지나가는 것을 잠시 멍하니 보는 것이 그 동네 아이들의 일상이기도 했다. 경종 또한 그때마다 괴리감을 느끼며 기분이 썩 좋지만은 않은 표정으로 하루를 시작하곤 했다. 그렇게 고등학생 시절을 채워나갔다.

심지어 그 동네에서는 하교 후 집에 와서 부업을 돕거나 아르바이트를 해야 하는 학생들도 많았다. 그러니 공부할 시간이 있을 리 만무했다. 적어도 그 동네에서만큼은 그랬다.

그렇게 격차는 점점 벌어져갔고 그것을 통한 부의 격차도 상상을 초월할 만큼 커졌다. 과거에는 그런 동네에서도 이 악물고 공부하여 성공하는 일들이 벌어졌지만 더 이상 개천에서 용 나는 일은 없었다.

경종이야 사실상 인간의 탈을 쓴 신인만큼 이런 연구소에 특별연구원으로 초빙되는 것이 가능했지만 그 동네 다른 아이들은 여전히 바닥과도 같은 인생을 살아가고 있었던 것이다.

그들은 희망도, 웃음도 잃은 지 오래인 그런 삶을 살아갔다. 아니, 어쩌면 애초부터 그들에겐 희망이란 것은 존재하지 않았는지도 모른다.

그런 처절한 분위기를 누구보다 잘 알았던 탓에 경종은 심혈을 기울여 연구를 진행해나갔다. 그리고 그 연구 프로젝트를 성공적으로 마무리했다.

"이렇게 한 발 한 발 나아가는 거구나. 이 프로젝트를 시작으로 내 사명을 이루어나가게 되나 보다."

성실한 노력으로 프로젝트가 성사되었던 날, 회장 비서가 경종을 호출했다. 마이아이의 회장이 경종을 부른다는 것이었다. 단순히 업무 확인차 부르는 것은 아닌 듯했다.

사실 경종은 마이마이의 회장을 단 한 번도 본 적이 없었다. 언론에도 비공개로 감춰져 있었기 때문에 알려고 해도 알 수 없었다. 하지만 좋은 사람일 거라고만 상상했다.

'이렇게 좋은 일을 하는데, 당연히 훌륭한 분이겠지.'

그래서 경종은 회장을 만난다는 사실에 더없이 설레었다.

'아, 드디어 내가 회장님을 뵙는구나. 그렇게 뵙기 어렵다는 그분을 말이야.'

회장실 앞에 도착한 경종은 호흡을 가다듬었다. 비서가 경종을 확인하고는 벨을 눌렀다. 보통 노크를 할 법도 한데 특별하고 비밀스런 회장실이라 별도의 벨이 있었다.

"띵동."

작은 벨 소리가 울렸고 안에서 경종을 들여보내라는 신호가 왔다. 그 순간 닫혀 있던 문이 열렸고 경종은 비서의 안내로 그곳에 들어갔다.

발자국

아침부터 추웠던 날씨는
밤이 쓰러진 지금 눈을 쏟아붓고 있다

솜덩이 길은 함박눈이 열라 쏟아지더니
깊은 시간의 지금도 계속해서 내린다

내무반 창밖으로 보이는 앞 점호장에도
연병장에도
활주로에도
무척이나 눈이 쌓였다

눈에 덮여 누구도 지나간 자국이 없고
뽀얗게 쭈욱 뻗은 활주로에는
두 사람만의 발자국

한 번쯤
남겨보고 싶다

그니와의 발자국!

1984. 3. 1. 목. 눈
제5전술 공수비행단 통신대대
훈련소, 항공병학교, 대전, 김해
최 일병
오늘 맑음.

업무일지

죽과 난을 함께 해
슬기를 담되
언덕은 쉬어가며
넘자!

검이블루 화이불치
진인사대천명
모사재인
성사재천

가을을 맞으며…

매일매일

(주)일 월 화 수 목 금 토 Co., LTd

나는 언제나
당신을 향한 목마름으로
당신의 심성에
합당하기를 바라며
길을 걷고 있습니다

당신의 사랑이 엷어질까

당신의 믿음이 퇴색할까

절제의 성찰을 고뇌하고

야망을 이루고자 하며
그것을 곧 소망으로
이룩할 것입니다

나를 향한 Audit

10화
인공지능 로봇 회장으로부터 특별 지시를 받다

회장실 안으로 들어온 경종은 오금이 저렸다. 긴장감에 눈을 들어보니 휑했다. 회장실은 생각했던 것 이상으로 넓었고 생각만큼 화려하진 않았다.

정작 회장실에 회장은 보이지 않았다. 갸우뚱거리는 중에 돌려져 있던 회장 의자가 경종이 보이는 방향으로 다시 돌려졌다. 드디어 회장 얼굴이 보이는 순간이었다.

"어?"

경종은 놀랐다. 놀랄 수밖에 없는 것이 회장 의자에는 사람이 없었다.

인간처럼 보이는 로봇 한 대가 놓여 있을 뿐이었다.

경종은 옆에 있는 비서를 급히 찾았다. 그러나 비서도 이미 밖에 나간 지 오래였다. 당황스러운 표정으로 두리번거리는데 어디선가 기계음인지 사람 소리인지 구분이 안 되는 소리가 들려오기 시작했다.

경종 앞에 있는 그는 인공지능 회장이었다. 로봇이긴 하지만 거의 사람이나 다를 바 없었다.

"앞으로 더 나와 보게."

인공지능 기계음이지만 어투는 여느 회장과 다를 바 없었다. 경종은 조금 더 앞으로 나갔다. 조금 더 나아가서 살펴보니 사람과 매우 흡사해 보였다.

'인공지능이 발달했다지만 이 정도까지인 줄은 몰랐는데.'

사람처럼 보이는 인공지능 로봇은 젊어 보였지만 말투는 환갑 전후로 추측되었다. 인공지능이긴 하지만 누군가의 조종을 받는 듯했다. 마치 아바타처럼.

'회장의 정체가 궁금했는데 이 로봇이 회장이라고? 맙소사. 아니면 진짜 회장이 로봇을 조종하고 있나?'

로봇임에도 회장이 뒤에서 조종하고 있다는 생각에 더 떨리기 시작했다. 자기 눈에는 안 보이지만 진짜 회장은 어딘가에서 자신을 보고 있을 것만 같았다.

경종은 멍하니 앞만 응시할 뿐이었다. 당장 그가 할 수 있는 말은 아무 것도 없었다. 로봇의 모습을 하고 있는 회장 또한 아무 말이 없었다. 생각해 보니 조금 화가 나기도 했다. 바쁜 직원을 불러놓고는 이게 뭐 하자는 건가?

'아니, 사람을 불렀으면 말을 해야 할 것 아니야? 왜 가만히 있어? 이거 완전 갑질 아니야? 아니면 로봇이라 그런가? 에휴, 어설픈 로봇인가 보군.'

바로 그때 회장 로봇이 말을 하기 시작했다.

"자네 지금 '아니, 사람을 불렀으면 말을 해야 할 것 아니야? 왜 가만히 있어? 이거 완전 갑질 아니야? 아니면 로봇이라 그런가? 에휴, 어설픈 로봇인가 보군.'라고 말했나?'

순간 경종은 주저앉았다. 그냥 만만하게 보았던 로봇이 자신이 한 말을 그대로 언급하다니.

'헉? 내가 다 들리게 말했나? 아닌데, 속으로만 생각한 건데 어떻게 된 거지?'

"이 공간에 들어오는 순간 나는 모든 사람의 생각을 그대로 읽어내지. 하하하."

경종은 너무도 당황했다. 심지어 천상 세계의 신들도 다른 신이 생각을 읽어내지 않는데. 물론 이 공간 안에서만 가능한 일이라지만 어떻게 이것이 가능한지 놀라지 않을 수 없었다. 역시나 이런 생각 또한 회장 로봇이 다 읽어냈다.

"이게 어떻게 가능하냐고? 그만큼 기술이 발달한 거지. 우리 마이아이만이 할 수 있는 인공지능의 세계지. 특별한 음파를 통해 뇌의 작용을 읽어낸다고나 할까?'

경종은 너무 얼어버렸고 더 이상 아무 생각도, 아무 말도 할 수 없었다. 그냥 굳어버린 채로 서 있었다.

로봇 회장은 그렇게 경종의 기를 완전히 눌러놓았다. 경종은 워낙 실력 있고 자기 주관이 뚜렷한 사람이기 때문에 그렇게라도 해야 자기 말을 잘 들을 것임을 알고 있었던 것이다.

이윽고 로봇 회장은 경종에게 본격적으로 불러온 이유에 대해 설명했다. 기계음과 흡사하지만 긴장한 경종에게 그 소리는 진짜 회장이 지시처럼 들리기에 충분했다.

"내가 자네를 부른 이유는 특별한 프로그램을 개발해야 하기 때문이지. 아 그 전에 자네의 노고를 치하하네. 저번 교육 프로그램 굉장히 잘 만들었어."

"아, 네 가, 가, 감사합니다."

"나는 자네를 믿네. 앞으로도 마이아이는 자네를 밀어줄 걸세. 특별한 프로젝트도 자네에게 맡길 것이고 말이야."

"아, 네. 알겠습니다."

어떤 일인지 자세히 말하지도 않았는데 경종은 냉큼 하겠다고 대답해 버렸다. 신중하고 치밀한 경종답지 않았다. 하지만 그 공간에서는 그 누구도 그렇게 대답할 수밖에 없었으리라.

물론 몇 초 후에야 경종은 '아차' 싶었다. 대답은 했지만 정작 내용을 몰랐음을 나중에야 알게 된 것이다. 역시나 회장 로봇은 그걸 알아채고는 알아서 대답해 주었다.

"어떤 일인지 궁금하다고? 우리 회사는 사람들을 돕기 위해 존재하는 곳이야. 알고 있지?

"네. 잘 알고 있습니다."

"나는 험악한 세상에서 아이들이 유괴되고 여성들이 납치당하는 것을 볼 때마다 마음이 아팠어. 그 문제를 반드시 해결하고 싶었지. 그런 피해자들의 가족을 위해서 말이야."

순간 경종의 마음이 녹아내렸다. 저렇게 따뜻한 마인드를 가진 분이 회장이라는 사실에 감동이 되었다. 당장은 로봇이 대신하고 있긴 하지만 어찌 되었든 나오는 말들은 다 회장이 의도한 내용이 아니겠는가. 회장 로봇은 말을 이어갔다.

"이제 인공지능 기술이 고도의 경지에 이르게 된 만큼 유괴, 납치 문제를 해결할 프로그램을 개발할 수 있게 되었어. 누군가가 사라지면 곧바로 위치를 파악하여 찾아낼 수 있는 시스템 말이지. 그걸 자네가 해야 해."

경종은 이제 확신에 찬 얼굴로 대답했다. 아까와는 사뭇 다른 반응이었다.

"네. 알겠습니다. 열심히 해 보겠습니다."

아까까지는 생각 없이 대답했다면 이제는 진정성을 담아 대답을 건네었다. 경종 또한 그런 일이 꼭 필요하다고 판단했기 때문이다.

'정말로 이 프로그램만 잘 개발하면 유괴, 납치가 발생해도 바로 해결이 가능하다는 거지? 아마도 이걸 잘 개발하라고 신들이 나를 이곳에 보낸 건가?'

자신의 짐작이 맞는지 아닌지는 모르지만 경종은 너무나 뿌듯했다. 얼마 전 개발한 교육 프로그램처럼 인류에 기여할 수 있는 일을 하게 된다는 게 그에게는 더없는 기쁨이었다.

'이 일을 잘 성사시켜서 나중에 천상 세계에 올라갈 때 떳떳할 수 있었으면 좋겠다.'

경종은 회장실에서 나오고 난 이후로 본격적으로 이 일에 몰두했다. 기쁨으로 할 수 있는 일인 만큼 열의가 대단했다. 잠도 줄이고 밥 먹을 시간도 아껴가며 열심히 만들었다.

우선 경종은 두 가지에 주안점을 두었다. 유괴나 납치를 당해도 바로 위치를 파악할 수 있게 한 후, 주변 경찰이 바로 픽업할 수 있도록 하는 것이다.

이를 위해 개인마다 다르게 들어 있는 DNA 정보를 빼어내어 칩에 심고 그 칩을 스마트폰에 연결한 후 신호를 송수신 할 수 있게 했다. 단 스마트폰을 가지고 있지 않은 아이들을 위해서는 별도의 목걸이를 무상으로 제공하게 된다.

과거에는 기기가 있다고 해도 대략적인 위치만 알려줄 뿐 정확한 지점은 확인하기 어려웠다. 가령 백화점에서 아이를 잃어버린다고 해도 위치 추적기가 백화점으로만 찍히므로, 아이가 백화점 1층에 있는지, 화장실에 있는지, 계단에 있는지를 알 수 없었다. 그런데 경종은 새로운 장치로 그런 미세한 위치까지도 알 수 있게 한 것이다.

만약 경찰이 출동하기까지 시간이 걸린다면 경찰과 만나기 전까지 위협으로부터 보호받을 수 있는 캡슐도 만들었다. 가령 아이가 사라져 부모가 신고를 하면 사라진 아이가 가지고 있던 칩으로부터 신호가 울리고 그 신호를 통해 공기 중에 있던 일부 물질이 투명 캡슐을 형성하여 아이를 보호하는 것이다.

이후 경찰이 오면, 경찰만이 지닌 기구로 캡슐을 깨게 되고 아이는 안전하게 부모에게 갈 수 있게 된다.

여기에 경종은 한 가지를 더 추가했다. 아동학대 문제가 심각한 만큼 누군가가 부모나 어른들로부터 학대를 받으면 그 칩이 스트레스를 감지하게 하는 것이다.

이 경우, 반응에 따라 자동적으로 경찰이 파악할 수가 있다. 따라서 누군가가 따로 신고하지 않아도 경찰이 출동하게 된다.

봄비

고드름 녹아 방울지는 봄비
무지개 피어 이슬 쏟는 봄비

그리움은!
봄비인가 눈물인가

오늘도
내 님의 사랑으로
카타르시스 행복에 젖는다

컨셉트

盡人事待天命
謀事在人
成事在天
Audit Enc. Co, Ltd.

님에게

(주)님에게 Co., LTD

일 월 화 수 목 금 토
나는 언제나 당신을 향한 목마름으로
당신의 心性에 합당하기를 바라며
길을 걷고 있습니다

당신의 사랑이 엷어질까
당신의 믿음이 퇴색할까
절제의 성찰을 고뇌하고
야망을 이루고자 하며
그것을 곧 소망으로
이룩할 것입니다

Subsidiary Audit Enc co., LTD

11화
성공적인 프로젝트의 완성

프로젝트에 착수한 지 1년이 지난 후 경종은 성공적으로 완성을 시킬 수 있었다. 그가 계획한 대로 완성되어 더없이 뿌듯했다. 무엇보다 이 프로그램을 통해 많은 아이들이 위험으로부터 안전을 보장받을 수 있었기에 보람찼다.

그는 오늘따라 설레발을 치고 싶었다. 간만에 천상 세계의 신을 호출했다. 마침 레난도르가 대화에 참여했다.

"레난도르님! 보고 싶었어요."
"아, 조르반. 잘 지내? 아, 아니지. 경종. 하하하. 나도 가끔은 내 이름이 헷갈려. 천상에서도 내 이름을 레오나드로다빈치라고 소개하고 그래. 하하하."

"네. 그러셨죠. 하하."

"그런데, 경종. 오늘따라 기분이 좋아? 난 또 무슨 고민 있어서 날 부른 줄 알았지."

경종은 그동안 자신이 개발한 것들에 대해 다 이야기해 주었다. 말하는 내내 의기양양한 표정을 지으면서.

"경종, 고생했어!'

"감사합니다. 레난드로님. 아마 저는 이 세상에서의 임무를 완성한 게 아닌가 싶어요."

"응?"

레난도르는 당황스러웠다. 보통 임무 완수가 되면 천상 세계에서도 소식이 올라오는데 그런 것이 전혀 없었기 때문이다.

"그, 글쎄? 난 잘 모르겠는데?"

경종은 적지 않게 당황했다.

"아니, 이 프로젝트를 완수한 게 이 땅에서의 제 임무를 완성한 게 아니라고요?"

"미안하지만, 그런 것 같아. 나도 과거에는 어떤 게 내 임무인 줄 몰라 고생했는데, 나중에야 내가 해야 할 일이 무엇이었는지 알게 되었어. 중요한 건 천상에 와야 알게 된다는 거지. 내 임무가 무엇이었는지 말이야. 즉,

인간 세계에서는 임무를 완수해도 자신은 알아챌 수 없다는 거야."

"아, 그렇군요."

실망스러웠지만 수긍이 되었다.

어찌 되었든 이 일이 아닌 다른 임무가 남아있어 부담도 되었지만 마음을 다잡았다. 꼭 지금 이 프로그램을 개발한 것이 자신이 이 땅에 온 이유는 아닐 수 있지만, 그 프로그램 자체는 매우 만족스러웠기 때문이다. 경종은 마지막으로 레난도르에게 자랑하고 싶었다.

"레난도르님! 그런데 아까 말씀드린 그 프로그램 너무 멋지지 않나요? 제가 잘한 건 맞죠?"

"에고. 경종. 난 지금 세우스님이 급히 불러서 가봐야 할 듯하네. 오늘 천상 세계 그림대회가 있는데 내가 심사위원이거든. 빨리 오라고 하니 일단 가볼게. 오늘 즐거운 대화였네!"

경종은 축하해 주면서 칭찬할 레난도르가 뭔가 말을 돌리는 것 같아 찝찝했다. 아까도 '고생했다'고만 할 뿐 크게 기뻐하지는 않는 듯했다. 무엇보다 레난도르가 말을 돌리며 급히 가는 게 이상하기도 했다.

'혹시 프로그램 개발을 한 게 잘못된 일인가? 에이, 아닐 거야. 누가 보아도 훌륭하고 가치 있는 프로그램이니까!'

경종은 마음에 걸리는 바가 있었지만 이내 생각을 바꾸었다. 특별한 고민은 더 하지 않았다. 정말로 레난도르가 바빠서 돌아간 거로 생각했다.

다시 마음을 다잡고 출근길을 거니는데 한 아이가 엄마와 학교를 가고 있었다.

'아, 나 때만 해도 그냥 다녔는데. 요새는 세상이 흉흉하여 부모가 반드시 아이를 학교까지 데려다주는가 보다.'

이런 생각을 하며 가는데, 가만 보니 평소에도 동네에서 자주 마주치는 아이였다. 그 아이는 초등학교 1학년이었고 서울시에서도 낙후된 동네의 허름한 집에서 산다. 마침 그 낙후된 동네가 경종의 동네 근처였고, 그 아이는 놀이터에서 놀고 싶을 때마다 경종네의 아파트 놀이터에 와서 몰래 놀곤 했다. 사람들이 눈치를 주면 다시 돌아가곤 했고 그런 모습을 볼 때마다 경종은 마음이 아파오는 것을 느꼈다. 하지만 그가 해 줄 수 있는 것은 없었다.

바로 그 아이가 앞에 가고 있었던 것이다. 경종은 한 번도 대화해 본 적이 없지만 그날따라 말이라도 걸어보고 싶었다.

"저, 저기, 안녕하세요? 아이가 참 이쁘네요."

아이의 엄마가 경종을 보더니 쑥스럽게 인사를 했다. 하지만 이내 경계하는 눈빛을 지었다. 경종은 아차 싶었다.

'그래. 요새 아이에게 다정하게 다가가면 오히려 긴장할 수 있다고 했지. 프로젝트 준비하면서 알게 된 사실이었는데 그걸 잊다니. 뜬금없이 인사를 해서 당황할 수 있었겠다.'

경종은 이미 인사까지 건넨 이상 되돌아가는 것이 더 의심을 사게 할 것 같아 솔직히 말했다.

"안녕하세요. 갑자기 인사드려 죄송합니다. 요새 세상이 흉흉해서. 모르는 사람이 아이에게 인사 걸면 당황스러우시죠. 제가 죄송합니다."

대놓고 죄송하다고 하자 아이의 엄마도 조금은 안심하는 듯했다.

"아, 아닙니다. 물론 아까는 조금 놀라긴 했어요."
"저는 저기 신한 아파트에 살아요. 거기서 아이가 놀이터에서 노는 걸 몇 번 보았는데요. 그래서 오늘따라 많이 보던 아이가 지나가서 인사드렸던 거예요. 그런데 좀 당황스러우실 수도 있었을 것 같네요. 저는 마이아이 회사에 다녀요. 어머님이 걱정하시는 것처럼 요새 유괴, 납치 이런 문제가 심각하잖아요. 그래서 제가 얼마 전에 이걸 해결할 프로그램을 개발하게 되었거든요."

뭔가 진솔하게 이야기하는 모습에 그 아이의 엄마도 긴장을 푸는 듯했다.

"네. 그러셨군요. 정말 좋은 프로그램이네요."
"네. 사실 그걸 준비하면서 아이들을 지키는 문제에 대해 많이 연구를 했어요. 아이들이 힘들어하는 부분, 아이들이 왜 유괴에 노출이 되는 이유 등에 대해서요. 제가 개발한 게 빨리 상용화되어서 이렇게 귀여운 아이들이 안전하게 다닐 수 있는 날이 왔으면 좋겠네요."
"네. 맞아요."

여전히 엄마는 완전하게 긴장을 풀지 못했고 그렇게 이야기가 마무리되었다.

'아이, 창피해. 괜히 말 걸어가지고.'

경종은 황급히 회사로 달려갔다. 마침 엄마가 아이에게 하는 말이 들렸다.

"성진아. 오늘 몇 시에 끝난다고 했지?"

'아, 저 친구 이름이 성진이구나.'

경종은 본의 아니게 아이 이름을 듣고야 말았다. 물론 앞으로 그 가족과 대화할 일은 없겠지만 이름은 왠지 기억해 놓고 싶었다.

집과 회사가 가까워 도보로 15분 만에 출근에 성공한 경종은 여유롭게 커피 한 잔을 마시며 일과를 시작하려고 했다. 그런데 부장이 경종을 불렀다.

"기쁜 소식이 있어. 자네가 개발한 프로젝트 있지? 오늘부터 시범적으로 시행한데."
"어, 벌써요?"
"응. 요 옆에 초등학교 있지? 그 아이들에게 먼저 실행하기로 했어."
"오. 다행이네요!"

이제 상용화가 되어간다니 뛸 듯이 기뻤다. 문득 이런 생각이 들었다.

'아, 아까 성진이도 그 학교로 가던데. 아마 성진이에게도 내가 개발한 칩이 공유되겠구나. 참 착하고 귀엽던데 내가 만든 프로그램 덕에 안전했으면 좋겠다.'

한편 경종은 오후 1시쯤 갑자기 배가 아파오는 것을 느꼈다. 이런 적이 없었는데 토할 것만 같았다. 회사 내 응급실에 가보니 뭔가를 잘못 먹은 것 같았다고 했다.

"오늘 아침에 뭐 드셨죠?"
"저요? 커피밖에 안 마셨는데요?"
"일단 이 약을 드시고 조퇴하셔야 할 듯하네요."

응급실에서 나온 경종은 뒤늦게야 아침에 마신 커피가 상한 것임을 알았다. 꽤 오래된 커피 봉지를 타 마셨던 것이다. 약을 먹으니 나아지긴 했지만 일단 조퇴하는 것이 안전할 것 같아 회사를 나왔다.
이른 오후에 회사를 나오니 기분이 이상했다. 아니, 기분이 매우 좋았다.
경종이 집으로 가서 쉬려는데 갑자기 아까 아침에 보았던 성진이의 엄마가 울면서 당황스러워하는 게 아닌가?

"어, 성진 어머니!"

성진 엄마는 경종에게 오더니, 뺨을 때렸다.

"당신이야? 어쩐지 수상하더라구! 아침부터 우리 성진이를 계속 쫓아오면서 살피더니! 당신이 유괴한 거야? 내 아들 어디 있어? 어디 있냐고?"

뺨을 때리다 못해 이제는 멱살까지 잡기 시작했다. 가냘파 보이는 여성
이었지만 경종이 숨을 쉬기 어려울 정도로 힘이 셌다. 자녀를 향한 마음
때문이 아니었을까.

경종은 혼란스러웠다. 의심을 받은 게 화가 나서가 아니라, 일단 성진이
라는 아이가 사라졌기 때문이다. 경종은 의심을 받는 중이지만 차근차근
히 물었다.

"저기, 어머님. 일단 상황 설명 좀 해보세요. 제가 납치를 했다니요."

"네가 납치한 거 맞지? 내가 분명히 여기서 하교하는 아이를 기다리는데
한순간에 사라졌다고! 교문으로 나오는 중에 잠시 나무에 아이가 가려
졌는데 그사이에 없어졌다고! 네가 사람을 써서 유괴한 거 아니냐고? 뭐,
유괴 막는 프로그램 개발했다고 하더니! 그때부터 이상하더라고! 유괴를
하는 프로그램을 개발한 거 아니야?"

경종은 순간 이 학교에 시험적으로 자신이 개발한 프로그램을 공급했
다는 말을 떠올렸다.

'맞아, 오늘 이 학교에 시범 실시를 한다고 했지?'

경종은 일단 성진 엄마를 안심시키며 말했다.

"어머님. 전 아닙니다. 절 믿으세요. 제가 해결해 드릴게요."

그는 일단 경찰서에 전화를 걸도록 유도했다. 성진 엄마는 일단 전화를 걸었다. 경종은 얼른 휴대전화를 빼앗듯이 낚아챈 한 후 경찰에게 말했다.

"안녕하세요. 저 마이아이 김경종입니다. 최 경장님 좀 부탁합니다."
"제가 최 경장인데요?"
"네, 저 마이아이에서 유괴 방지 프로그램 개발했던 김경종입니다."
"아, 아. 네! 오늘 시범 실시 들어갔죠."
"네, 지금 이 폰 번호가 성진 엄마 폰 번호예요. 확인되시죠?"
"네."
"그런데 지금 성진이가 사라졌어요. 오늘 해당 학교에서 시범적으로 공유했으니 바로 찾을 수 있겠죠?"
"아, 일단 해 보겠습니다. 어머님을 다시 바꿔주시겠어요?"

성진 엄마는 다시 전화를 받았다.

"내 아들 좀 어떻게 찾아줘요."
"어머님, 일단 어머님 신분 확인되셨고요. 잠시만요. 아. 네. 확인되었습니다. 지금 아드님은 한 봉고 안에 있습니다. 칩으로 정확한 위치 확인되었습니다. 곧 근처 경찰이 출동할 예정입니다."

성진 엄마는 당황하면서도 이게 뭔 일인가 싶었다. 그러면서도 여전히 경종을 경계했다.

헬조네

버카충 에니 멉고
카페니 엽고
꿀바니 열페나
대취문 좁몹고
공시생 빠글이
홈멉고 절멉고
혼자니 술멉고
혼자니 밥멉고
혼자니 생입고
자멉고 머멉고
늙사니 고독사
환생니 또흙저
이바니 조선네
무명의 아재가

하나를 위한 기도

피고 지고
살고 지고
있어지고
없어지고
생겨지고
사라지고

꽃잎 띄운 유수는 흘러
산으로 가더라

All of the One
J.M. Choice

"세월의 동아줄이 낡아져도 기쁨을 위해 하나로"

명가네

김가네 이가네 박가네 송가네 정가네
해가네 달가네 별가네 솔가네 죽가네
매가네 난가네 국가네 강가네 들가네
땅가네 메가네 향가네 목가네 풀가네
채가네 왕가네 손가네 엄가네 예가네
한가네 서가네 홍가네 윤가네 최가네
네네네……

12화
마이아이의 주가가 급성장하다

경찰서에 바로 연락은 했지만 경종은 긴장되었다.

'내가 구상한 대로 일이 진행되어야 하는데. 부디 성진이가 그 프로그램대로 안전하게 구출되어야 하는데.'

다행히 경종이 개발한 대로 모든 일이 진행되었다. 엄마의 연락을 확인하자마자 경찰에서는 신호를 보냈고 주변 경찰서에서는 바로 성진을 유괴하는 차를 뒤쫓았다. 그리고 엄마가 전화한 지 10분 만에 성진이를 구출했다.
그 즉시 성진 엄마에게 전화가 왔다.

"성진 어머님. 아이를 찾았습니다. 지금 어디신가요?"
"아, 정말요? 감사합니다. 감사합니다. 지금 학교 앞입니다."
"그리로 곧 가겠습니다."

성진 엄마는 그 자리에 주저앉아 울었다. 안도감이 찾아오자 더 큰 울음이 터져 나온 것이다.

10분이 좀 더 지나 경찰차가 도착했고 경찰차에서 경찰 두 명과 성진이가 내렸다. 성진이는 얼른 엄마 품에 안겼다.

"엄마, 엄마."
"그래. 너무 다행이다. 이렇게 찾게 되다니."

경찰도, 경종도 흐뭇하게 바라보았다. 누구보다 경종은 마음을 쓸어내렸다. 좀 전까지 의심받았던 것에 대한 불쾌감은 조금도 없었다. 그저 아이를 찾게 되어 다행일 뿐이었다. 마침 최 경장도 그 자리로 왔다.

"아이고. 찾았네. 아까 신고 전화할 때 통화했던 최 경장입니다."
"경찰 선생님. 너무 감사합니다."
"어머님, 이분께 감사하셔야죠."

그는 경종을 가리키며 말했다.

"이분이 이 프로그램을 개발하셨어요. 오늘 시범적으로 이 학교에 실시한 건데 너무 다행이죠."

그제야 성진 엄마는 경종에게 고개를 숙였다. 아침에 했던 말도 다 사실임을 알게 되었다.

"너무 죄송합니다. 죄송합니다. 그리고 감사합니다. 정말, 정말 감사합니다. 이렇게 대단한 일을 하시다니요."

"괜찮습니다. 찾아서 너무 다행이죠. 그것도 제가 평소에 종종 보던 아이가 없어져 저도 놀랐습니다."

경찰은 성진 엄마에게 말했다.

"이렇게 빨리 찾는다는 건 기적입니다. 신고 후 10분 만에 찾았으니까요. 30분도 안 되어 어머니 품에 왔고요. 정말 이 프로그램 아니었으면 큰일날 뻔했습니다."

사실 마이아이에서는 이 프로그램의 효과가 크다는 것을 알리기 위해 의도적으로 아이를 납치했다. 아까 납치하던 차도 마이아이의 차였다. 물론 로고는 없어서 남들은 알지 못했지만.

경종은 마이아이가 일부러 납치했다는 걸 알 턱이 없었다. 경찰 또한 우연이라고만 생각했다.

그리고 얼마 후 뉴스 속보가 떴다.

"방금 들어온 소식입니다. 마이아이가 개발한 유괴 보호 프로그램을 통해 **초등학교에 재학 중인 한성진 군이 유괴되었다가 다시 어머니께로 돌아오게 되었습니다. 마이아이가 추진한 대 프로젝트의 성공으로……."

경종은 뿌듯했다. 하지만 뉴스는 다음과 같이 전했다.

"한편 이 프로젝트를 개발한 마이아이의 스미스 회장은 모든 공을 마이아이에 돌린다는 입장을 밝혔습니다. 지난 1년간 스미스 회장은 별도의 연구원을 두지 않고 해당 프로그램을 개발한 것으로 알려져 더욱 화제를 모으고 있습니다."

경종이 단독으로 한 일을 마이아이에서는 오로지 회장이 공로로 돌렸다. 물론 마이아이에서 회사의 지원으로 한 일이지만 보통 프로젝트가 성사되면 어떤 연구팀의 어떤 연구원이 진행했는지도 공개하기 마련이다.

그러나 이번에는 달랐다. 아예 대놓고 연구소를 끼지 않고 스미스 회장이 다 진행한 것으로 보도되고 있었다. 참고로 스미스 회장은 언론에 가려져 있는 인물이다. 경종도 로봇으로 된 회장과만 마주했을 뿐 실제로 스미스 회장을 본 적이 없으니, 일반 사람들은 더욱 그의 정체를 알 리가 없었다.

그날 이후 며칠 동안은 마이아이의 기사가 대서특필로 등장했다. 대한민국의 부모들은 마이아이만큼 훌륭한 기업이 없다며 입이 마르도록 칭찬했고 스미스 회장을 최고 존경하는 CEO로 일컫기 시작했다.

한동안 포털뉴스에는 실시간으로 다음과 같은 댓글이 달렸다.

QGRA***
스미스 회장은 대체 어떤 분일까? 가명이라고 했는데 외국 분일까? 아니면 한국분일까? 어찌 되었든 훌륭한 분인 게 틀림없어.

일산맘***
나도 처음에는 가명을 쓰길래 조금 구리다고 생각했는데 이제는 더 그게 신뢰를 갖게 하는 것 같애. 뭔가 자신을 드러내지 않고 겸손하다고나 할까?

나는나***
앞으로의 활약이 더욱 기대됩니다.

라이언킹***
저번 교육 프로그램 런칭했을 때도 대박이었는데 스미스 회장님 짱! 킹왕짱!

다혜 엄마***
간만에 멋진 대기업 회장을 본 듯. 그런데 얼굴도 진심 궁금! 제발 좀 얼굴이라도 보여줘요!

경종은 스미스 회장이 자신의 공로를 다 앗아갔지만 애써 마음을 달랬다.

"그래. 뭐, 원래 CEO가 공을 채가는 거 당연한 거 아니겠어? 어차피 초기 아이디어는 그분이 내신 거니까. 가치 있는 일을 한 것만으로도 만족해야지. 스티브 잡스도 자기가 직접 아이폰을 만든 건 아닐 거잖아."

한편 마이아이는 이번 사건으로 주식이 급상승했다. 회사는 늘 잔치 분위기였다. 임원들은 늘 들떠 있었고 경종에게도.

이런 생각을 하며 경종은 계속 걸었다. 문득 혁수가 떠올랐다. 이미 수한이네와는 모든 인연을 끝낸 지 오래인데 뜬금없이 수한의 아버지가 떠올라 당황스러웠다. 떠올린 데는 이유가 있었다. 마이아이라는 회사에 대한 자부심을 갖게 되면서 큰 회사를 운영했던 혁수네가 떠올랐던 것이다. 괜히 두 회장이 비교가 되는 것 같았다.

'그래도 스미스 회장은 대단해. 내 공을 채가 조금 서운한 것 빼고는 이토록 훌륭한 분이 없겠지. 이 사회를 구하는 일을 하고 있잖아? 그런데 수한의 아버지는 그게 뭐람. 회사를 운영하는데 바람 피면서 약한 사람들을 괴롭히기나 하고 말이야."

사실 수한이네가 큰 기업을 운영한다는 것은 잘 알고 있었지만 어떤 일을 하는지는 잘 몰랐다.

"그런 사람이 운영하는 회사는 대체 얼마나 엉망일까? 아주 세상에 해악이 되는 것만 만들어낼 게 분명해."

뜬금없이 수한이네를 떠올리자 괜히 기분이 나빠졌다. 수한이를 대신해 시험을 매번 치러야 했던 기억, 아버지와 함께 그 집에서 수모를 겪었던 기억, 수한이 슬기를 괴롭히던 기억, 혁수가 여성들과의 불륜을 즐기는 기억 등 모든 것이 다 불쾌하게 느껴진 것이다.

"그나저나 그 사람들은 뭐 하고 지내나? 정말 암적인 존재들이었지. 에휴, 쓸데없이 이런 생각은 왜 하고 있나? 빨리 지워버려야겠다."

생각하고 싶지 않은 사람들이 본의 아니게 생각났을 때 기분 좋아할 사람은 없을 것이다. 경종도 매한가지였다. 수한이네에 대한 상처를 지우려고 머리를 세게 흔들었다.

"빨리 잊어버리자. 괜히 그 사람들 생각은 왜 해가지고 말이야! 이렇게 좋은 회사 온 것에 대해 감사나 해야겠다."

그러면서도 한 가지 바람을 떠올렸다.

"아, 부디 수한이네 가족이랑 앞으로 부딪힐 일이 없었으면 좋겠다. 적어도 인간 세계에 있는 동안은 조금이라도 스치지 않았으면 좋겠다."

〈with 시〉

명산明山

아름다운
봄 여름 가을 겨울
피고 지고 피고 져도 피어나는 무지개
해와 달이 뜨고 지는 산

Soul mate

내 가슴속에 많은 별들이 반짝인다
나의 머릿속에도 점같이 작은 별들이 빛나고 있네

만났다 헤어져 멀어진 작은 별
새롭게 다가온 큰 별
커지는 듯 작아져 점이 되어버린 별

너무나도 멀리 있어
보이지도 않던 작은 점 하나

차갑고 어두운 밤하늘에서 떨어지는 유성처럼
내 가슴에 머리에 내려앉아
나를 덮어 버린 진짜 큰 별

어제도
오늘도
내일도
아니 지금도

사소한 행복을 속삭이고 있네

애이지비 愛而之悲

사랑을 하면서도 보내야 했던
당신과 나이기에 아쉬워했고
긴 세월 흐르도록 못 잊었었네

기다리다
기다리다
이대로 돌이 되어도
사랑하는 님 곁에 있고 싶어라

찬 이슬에 젖어오는 돌이 되어도
돌이 되어도
노래. 문주란 –

내가 성교회에 온 것은
신의 마음에 들기보다는
당신의 마음에 합당하길
바랐기 때문입니다
아벨라르와 엘로이즈 사랑 –

13화
성진이네와 시작된 따뜻한 인연

하루는 경종이 집으로 오는데 성진 엄마와 성진을 만났다. 일부러 경종이 오기를 기다렸다는 눈치였다. 사는 곳 위치가 비슷하니 근처에서 있다 보면 마주칠 거라 여겼던 것이다.

"저, 저기. 선생님."
"아, 안녕하세요. 성진 어머니시죠?"
"저번에 인사도 제대로 못 드리고 해서 감사 인사라도 드릴려구요. 그리고 죄송했습니다. 그때 사과도 제대로 못 드린 것 같아요."
"아닙니다. 그때도 인사해 주셨습니다. 그런데 뭘 또 이렇게……."
"이렇게 좋은 프로그램 개발해 주셔서 감사드려요."

스미스 회장에게 모든 공을 빼앗겨 조금 서운했던 마음이 성진 어머니 덕분에 다 풀린 것 같았다.

"아, 감사합니다. 성진이는 괜찮죠?"
"네. 다행이요."
"성진이가 참 착해 보여요. 그죠? 착하죠? 집에서도?"
"네. 착해요. 집에서도 공부 열심히 하고 엄마도 잘 도와주고 해요. 가난한 집에 해주는 것도 없는데 매번 상 타오고 공부도 잘하고 기특하고 미안하죠."
"역시 그런 아이였군요."

경종은 성진을 보며 찡긋 웃어 보였다. 성진 엄마는 어쩌다 보니 집안 이야기도 꺼내게 되었다.

"사실 성진이 친아빠는 몇 년 전 저와 이혼했어요. 다행히 좋은 분을 만나 새아빠와 함께 사는데 그래도 미안하죠."
"아, 그러셨군요."
"새 아빠긴 하지만 오히려 친아빠보다 잘해 주는 것 같아요. 친아빠는 가정에 무심하고 바람만 피고, 결국 못 참다가 헤어졌거든요. 아이에게 안 좋은 영향이 갈까 봐 그런 거죠."
"그런데 좋은 새아빠가 생겨서 너무 다행이네요."
"그럼요. 제가 없을 때도 정말 잘 챙겨주곤 해요. 그러기 쉽지 않은데 말이죠."
"그래서 성진이가 공부도 잘하고 이렇게 모범생으로 자라나 보네요. 그렇겠죠?"

"하하하. 그럼요. 그래서 남편에게도 참 고맙고 그러네요. 그런데 빨리 가셔야 하는데 제가 괜히 말을 길게 해서 죄송해요. 감사 인사드린다고 하다가 별 이야기를 다 했네요."

"아니에요. 평소에도 성진이가 너무 착하고 귀여워 보였는데 이렇게 성진이가 어떤 친구인지 알게 되어 제가 감사하죠."

경종은 성진을 보면서도 한마디 했다.

"성진아, 아저씨는 경종이 아저씨야. 잘 기억해 둬. 알았지? 나중에 또 만나면 인사하자."

"네! 아저씨. 저번에 너무 감사했어요. 저도 경종 아저씨처럼 훌륭한 사람이 되고 싶어요."

"에휴, 그래. 말만으로도 고맙다. 하지만 성진이 너는 더 훌륭한 사람이 될 거야. 정말 아저씨는 그럴 거라 믿어."

성진이와 성진 엄마는 연신 고맙다고 하며 집으로 향했다. 경종 또한 따뜻한 대화를 간만에 나누어서 그런지 행복했다. 의심하던 이웃이 자신을 신뢰하며 다양한 이야기를 해 준 것도 고마웠고 아이가 자신처럼 되고 싶다고 해서 더더욱 고마웠다.

특히 이 동네에서 아는 사람 없이 외로이 지냈는데 이야기를 나눌 이웃 하나가 생겨 더없이 기쁠 뿐이었다. 물론 언제 또 마주칠지는 모르겠지만.

그러면서도 경종은 진심으로 성진이를 응원했다. 정말 그 아이는 요즘 아이답지 않게 착하고 심성이 고와 보였다. 그런 아이들을 위해서라도 앞으로 더 좋은 프로그램을 많이 개발해야겠다고 생각했다. 그런 면에서 마이아이라는 회사가 참 좋게 느껴지는 경종이었다.

"정말 회사 선택은 잘한 것 같네. 이렇게 가치 있는 일을 계속할 수 있다는 게."

그런데 순간 어떤 생각이 머리를 스치고 갔다. 급하게 성진 엄마와 성진이 가는 쪽으로 뛰어갔다.

"저기요! 성진아! 성진 어머님!"

성진이와 성진 엄마가 뒤를 돌아보았다. 인사를 하고 헤어졌는데 또 부르는 게 이상했다. 뭔가 급한 일인 것처럼 헐레벌떡 뛰어오는 경종을 보며 말했다.

"네. 무슨 일이세요? 혹시 무슨 일 생겼나요?"
"휴. 아닙니다. 저기, 혹시 주소 좀 알려주실 수 있으세요? 혹시라도 저번 같은 일이 또 생길 수도 있어서 주소라도 서로 알고 지내는 게 어떠세요? 성진이 보니 왠지 남 같지 않네요."

평소 같으면 주소를 알려달라는 말에 당황할 법도 한 성진 엄마였지만 이제는 더 의심하지 않았다. 경종을 충분히 믿어도 된다고 여겼다.

"네. 저희 집은 저기 저쪽 반지하예요. 303-B01호예요."
"네. 감사합니다. 오해는 마시구요. 괜히 불안한 마음이 들어서요. 그리고 제 주소는 신한아파트 104동 207호예요. 혹시라도 도움 청할 일 있으시면 오셔도 되고요. 전화번호는 010-****-****이예요. 성진이에게 도움 필요하면 언제든 연락주세요. 부담 갖지 마시고요."

"감사합니다. 제 번호는 010-****-****이예요."

성진 엄마는 경종의 진심이 느껴졌다. 오직 아이를 생각하는 그 마음이 전해졌다고나 할까? 그래서 왠지 모르게 든든했다.

한편 경종은 주소, 폰 번호를 알고 났는데도 불안했다. 갑자기 촉이 안 좋아 급히 뛰어가 주소를 물어본 것도 자신의 의지가 아닌 것 같았다. 뭔가 천상 세계에서의 에너지가 잠시 임한 것마냥. 어찌 되었든 주소와 폰 번호를 알게 되어 다행이었다. 꼭 성진이의 집에 어떤 일이 일어나지 않더라도, 기회가 되면 성진이의 선물이라도 찾아가 전해주고 싶었다.

그렇게 집으로 돌아오는데 이번에는 또다시 머리를 스치는 게 있었다.

"아, 맞다. 주말 동안 집에서 일하려면 회사에 있는 그 자료를 가져왔어야 하는데."

경종은 다시 회사로 향했다.

"에휴. 이러다 오늘 안에 집에는 가려나 몰라. 하하하. 왜 이렇게 깜박깜박하지?"

급히 회사로 가서 자료를 가지고 와야겠다는 마음에 뛰어갔다. 너무 뛰어서 그런가 숨이 찼다. 회사 근처에서 숨을 고르는데 뭔가가 지나가는 듯했다.

154

'지금 이 늦은 시간에 누구지?'

사실 마이아이 회사는 금요일은 6시에 모두 퇴근해야 한다. 그런 이유로 경종도 못다 한 일이 있었지만 야근을 할 수 없었고 집에서 마무리를 해야 했던 것이다. 적어도 금요일은 가족들과 시간을 보내라는 뜻에서 마이아이가 마련한 제도였다.

물론 좋은 제도이긴 하지만 현실적인 제도라고는 할 수 없었다. 경종처럼 많은 일을 하는 경우에는 오히려 그 제도가 성가셨다. 남아서 일을 하고 오는 게 편한데, 일단 다 보내버리니 집에서 일을 또 시작해야 했기 때문이다. 특히 지금처럼 일할 때 필요한 것을 두고 올 경우에는 다시 회사로 들어와야 했다.

그런 제도 덕에 이 시간대 마이아이는 한산하다. 안내원도 다 퇴근하고 건물 관리자도 다 퇴근해 버렸으니 깜깜할 뿐이다. 사실 다른 직원들은 아예 들어갈 수가 없는데 특수 프로젝트를 많이 맡았던 경종은 특수 사원증이 있어서 다행히 들어올 수 있었다. 어찌 되었든 이 시간엔 그 누구도 회사에 없는 게 당연했다. 그런데 누가 지나가는 것 같아 이상했던 것이다.

'이상하네. 누구지? 따라나 가보자.'

호기심이 발동한 경종은 몰래 그 방향으로 가보았다. 아무 소리도 안 나게 조심스럽게 말이다. 저 멀리에 있는 엘리베이터에 누가 서 있는 것 같았다. 그 엘리베이터는 아무나 탈 수 없는 것이었다. 어쩌다 해외 유명 CEO나 VVVVIP고객들이 찾아올 때만 특별하게 가동되는 엘리베이터 였다.

'아니, 저기 앞에 왜 서 있지? 대체 누구인 거야?'

적어도 저기 앞에 서 있다면 평범한 직원은 아니라고 판단되었다. 직원은 어떤 상황에서도 탈 수 없는 엘리베이터였기 때문이다. 그때 이런 생각이 들었다.

'그럼 혹시, 회장님?'

로봇으로 대면하긴 했지만 비밀리에 활동하는 스미스 회장이 아닌가 싶었던 것이다.

'오호라! 아무도 없는 이 시간에 몰래 들어온다 이거지? 아무래도 저기가 비밀 엘리베이터인가 보군. 평소에는 특별 손님을 위해 쓰다가 금요일 밤에만 회장이 드나드는 엘리베이터로 사용되었나 본데?'

누구나 궁금해하는 스미스 회장의 얼굴을 보고 싶어 살금살금 그곳으로 갔다. 물론 수행원이 없이 들어가는 게 이상하긴 했지만, 그래도 저기를 통하는 것을 보면 회장인 게 틀림없었다. 그런데 경종은 문득 과거 생각을 떠올렸다. 데자뷰마냥.

"예전에 수한이네 아버지도 호텔에 경호원 대동하지 않고 들어갔었는데. 그때 생각이 나네. 비밀통로 같은 데로 막 갔던 것 같은데."

이런 생각을 하며 엘리베이터 근처로 왔다. 다행히 어두웠기 때문에 엘리베이터 앞에 있는 그 사람은 경종이 오는 것을 조금도 눈치채지 못했다.

잠시 후 엘리베이터 문이 열렸다. 아마 문이 열리고 그 안에 있는 빛이 새어 나오면 회장의 모습도 더욱 분명히 비칠 거라 생각했다. 특히 회장처럼 보이는 그 사람이 몸을 돌려 앞을 본다면 얼굴까지 확인할 수 있는 굿 타이밍이었다.

물론 눈에 띄지 않기 위해 경종은 회사 로비 전용 소파 뒤에 몸을 숨기고 있었다.

역시나 예상대로 문이 열리면서 엘리베이터 내부의 빛이 그 사람을 비추었고 그 뒷모습을 분명히 볼 수 있게 되었다. 하지만 회장처럼 보이는 그 사람의 앞모습은 제대로 볼 수 없었다. 문이 너무 금방 닫힌 까닭이다. 아마 0.0000003초 동안 그를 본 것 같다.

"에이. 아쉽다. 회장인 게 틀림없다면 회장을 볼 수 있는 찬스였는데. 다음에 기회가 있으려나. 일단 빨리 나가자."

허겁지겁 나가려는데 뭔가가 불길했다. 그 사람의 실루엣이 누군가를 연상케 했다. 특히 엘리베이터로 들어갈 때의 걸음걸이가 익숙했다. 과거에 어디선가 본 적이 있는 사람이랄까? 한동안 알고 지냈던 사람이랄까?

'에이. 아닐 거야. 내가 아는 사람이 저기 왜 있어.'

'그런데 이상하단 말이지? 왜 익숙한 느낌이 들지?'

문득 과거에 호텔로 들어가던 혁수의 걸음걸이가 오버랩되었다. 아까도 혁수가 잠시 떠올라 당황스러웠던 경종이었는데 그게 괜한 데자뷔가 아니었던 셈이다.

'설마, 수한이 아버지?'

자기가 생각해 놓고도 경종은 우스웠다.

'참내, 말도 안 되는 생각을 다 하네. 어떻게 수한 아버지가 여기에 있어?'
'아니야. 수한 아버지도 엄청나게 큰 기업을 운영했잖아. 이런 기업을 다시 세울 수도 있는 거 아니겠어?'

갑자기 등골이 오싹해졌다. 만약 수한이네 아버지가 운영하는 회사에 자신이 다닌다면 그것처럼 끔찍한 일도 없을 것만 같았다. 하지만 그는 그럴 가능성은 절대 없을 거라고 믿었다.

'말도 안 되는 일이지. 그런 인간이 이런 좋은 일을 할 리가 없지. 취약층을 위한 프로그램 개발을 수한이네 아버지가 주도한다고? 사람을 사람처럼 대하지 않는 그 사람이 아이들을 보호하는 프로그램 개발을 시킨다고? 그럴 리 없어. 절대로! 그 인간은 사람을 등 처먹는 일만 할 뿐이야.'

경종은 스스로의 상상에 대해 황당해하며 급히 집으로 왔다. 그러면서도 뭔가 켕기는 기분을 지울 수가 없었다.

〈with 시〉

메가 프로젝트

진정하고 넓은 꿈을 꾸어라!

아들아

부산대학교
동아대학교
연세대학교
조B구 박사님
미K엘라 수녀님
Megaproject mechanical completion !

天命

하늘의 달이 강에 비치면
그달이 그달인가

하늘의 마음이 사람의 마음에 비치면
그 마음이 그 마음인가

본래의 마음에 묻혀져 있는 기억이 나인데
본래의 마음을 찾아 따라가는 길이 天道가 아니겠는가

모든 것은 시간의 함수
시간의 범주에 들어 있는 계는
보존의 법칙에 따름이고

그 모든 계는 하늘의 이치를 따르는 섭리
일 것이다

14화
성진이의 알 수 없는 행방

몇 달이 지났고 경종은 엘리베이터 앞에서의 찜찜했던 생각을 지운 채 일에 몰두했다. 그동안 그가 한 일은 전국 모든 사람을 대상으로 해당 프로그램을 상용화하는 일이었다.

이미 시범적 실행이 성공을 거두었기에 저마다 반기며 이 일에 동참했다. 곧 각자의 DNA 정보를 빼어내어 스마트폰에 연결했다. 나쁜 의도로 쓰이지 않는다는 것을 알기에 모두가 안심하고 적극적으로 동조했다.

한편 이 일을 하느라 정신없이 시간을 보내었기 때문에 경종은 성진에 대한 생각을 단 한 번도 한 적이 없었다. 틈틈이 돌아도 보고 챙겨도 주고 싶었는데 그럴 겨를이 없었던 것이다.

'착한 성진이에게 선물도 사주고 맛난 것도 사주고 싶었는데. 미안하네.'

동네 아저씨지만 삼촌처럼 챙겨주겠다고 다짐한 것을 떠올리며 이제라도 성진에게 뭔가를 해줘야겠다고 마음먹었다. 특히 그날은 금요일이라 일찍 끝나는 날이었기 때문에 여유가 있었다.

경종은 퇴근길에 백화점에서 이것저것 선물을 샀다. 성진이에게 맞을 만한 옷과 학용품, 그리고 장난감 로봇도 샀다.

'성진이는 공부만 하는 아이라 이런 거 싫어하면 어쩌지? 아니야. 그래도 로봇 싫어하는 남자아이가 어디 있겠어? 아직 어린 친구인데, 돈이 없어 못 살 뿐이겠지.'

선물 꾸러미를 잔뜩 안고는 산타할아버지가 된 마냥 기분 좋게 성진이네 집으로 갔다. 그 반지하 집에는 초인종도 없었고 문을 두드려야 했다.

'똑똑똑.'
"저기요. 성진아! 성진 어머님! 안에 계세요?"

인기척이 없었다.

'이상하네. 다시 불러볼까?'

"저기요. 성진아! 안에 없니?"

혹시나 해서 문고리를 잡고 돌려보니 문이 바로 열렸다. 그런데 집안에는 아무것도 없었다.

'뭐지? 혹시 큰돈을 빌렸는데 못 갚아서 야반도주라도 했나?'

별의별 생각이 다 들었다. 무슨 일이 있는 것 같아 걱정되지 않을 수 없었다. 그때 받은 폰번호로 전화를 걸었지만 없는 번호라고 했다.

'아. 맞다. 내가 만든 프로그램을 통해 확인해 보면 되겠다.'

사실 경종은 특정인의 위치를 추적할 권한은 없다. 그 권한은 회장과 유괴 신고를 한 부모로부터 요청을 받은 경찰만 할 수 있었다.
하지만 실낱같은 희망을 안고 그때 성진이가 유괴되었을 때 도움을 준 최 경장을 찾아갔다.

"경장님. 저기 잠시만요."
"아, 안녕하세요!"
"몰래 드릴 말씀이 있어요. 그때 경장님께서도 아실 거예요. 성진이 유괴될 뻔했다가 칩을 통해 다시 돌아올 수 있었잖아요? 기억나시죠?"
"아, 그럼요. 그때 시범적으로 할 때인데 하필 그날 그 아이가 사라져서 난리였죠. 다행히 칩 때문에 찾았고요."
"네, 경장님. 그런데 그 친구가 사라졌어요. 집에 가보니 부모도 없고요. 칩을 통해 추적하고 싶은데 가능할까요?"
"원래는 안 되지만 해 드릴게요. 부모가 신고해야 추적이 가능한데, 지금 보니 위험한 상황 같네요. 갑자기 다들 사라지다니요. 일단 경종 팀장이 부모 대신 신고했다고 치고 확인해 보겠습니다."

경장은 칩을 통해 신호를 울렸다. 그런데 에러 표시만 떴다.

"어? 이상하네요? 에러 표시만 떠요. 존재하지 않는 인물이라고 되어 있네요?"

"그럴 리가요? 그때도 그 칩 덕분에 찾았잖아요. 없을 리가 없는데."

"그러게요. 칩이 사라질 수도 없고. 행여 안 좋은 일로 죽었다고 해도 칩에서는 '사망'이라고 뜨거든요. 에러라고 뜰 수는 없어요. 물론 경종 팀장님이 더 잘 아시겠지만요."

"맞아요. 제가 개발할 때도 에러가 뜨는 경우는 없었어요."

"대체 무슨 일일까요?"

"일단 잘 알겠습니다. 경장님. 도움 주셔서 감사드려요. 저는 급히 가볼 때가 있어서요."

"일단 애초에 존재하지 않는 사람일 때 에러 표시가 나는데 이상하네요."

"네. 부디 해결되길 바랍니다. 저도 걱정이네요."

경종은 급하게 회사로 갔다. 그날은 금요일이기 때문에 회사에는 아무도 없다. 그리고 과거에 그랬던 것처럼 아무도 없는 그 시간, 회장처럼 보이는 사람이 등장할 가능성이 높다.

경종은 얼른 회사로 가서 잠복했다. 어찌 되었든 회장이 뭔가 수를 쓰지 않고서야 이런 상황이 발생할 이유가 없었기 때문이다. 칩을 관리할 수 있는 자는 회장뿐이니.

'오늘은 회장을 따라 무조건 들어가야지. 지금 성진이가 위험한 상황에 놓여있다고.'

불안한 마음에 심장이 요동쳤다. 한 시간이 지나도 회장이 오지 않았지만 그래도 더 기다렸다. 그때 그 사람이 회장이 아닐 수도 있었지만 그럼에도 일단 버텼다. 시도해 볼 만한 것은 다 시도해야 한다고 생각했다.

한 시간이 더 흘렀을까. 그제야 어두운 회사 안으로 누군가가 들어왔다. 당연히 비밀스럽게 회장 같은 자가 혼자 들어올 거로 생각했다. 그런데 오늘은 달랐다. 한 명이 더 있었다.

'어떻게 된 거지?'

두 사람이라 그런지 작은 소리로 대화를 하는 듯했다. 가만 보니 한 명은 여성 같았다.

"오빠. 나 배고파."
"알았어. 조금만 기다려. 올라가면 맛있는 거 많아."
"아, 신난다!"
"내가 비밀 공간에 우리 자기가 좋아하는 거 잔뜩 갖다 놓았지!"
"우와, 최고!"
"쉿, 조용!"
"뭐, 어때? 오빠! 아무도 없잖아?"

어두워서 잘 안 보였지만 회장과 여성이 등장한 게 틀림없었다. 이윽고 그 두 사람은 엘리베이터 앞에 섰다. 경종은 스탠바이하고 있다가 문이 열릴 그때 얼른 그 안으로 들어갈 예정이었다. 그가 회장이 맞다면, 성진의 상황을 반드시 물어야 했기 때문이다. 위험해도 어쩔 수 없었다.

조금 후 문이 열리려고 했다. 문이 열리려고 하는 그때 경종은 냉큼 달려갔다.

다행히 경종은 엘리베이터 안으로 소리 없이 들어오는 데 성공했다. 뒤돌아선 두 사람은 깜짝 놀랐다.

"악! 뭐야? 오빠? 이 사람 뭐야? 우리밖에 없어야 하잖아!"

여성이 다급해 했다. 회장처럼 보이는 그 남성도 처음엔 놀랐지만 이내 아무렇지 않은 표정을 지었다.

그런데 그 남성은 바로 혁수였다. 경종이 다시 보고 싶지 않다고 했던 수한의 아버지, 혁수 말이다.

오히려 경종이 놀라버렸다. 엘리베이터가 올라가는 동안 그냥 주저앉아 버렸다. 경종이 수그러들자 오히려 혁수는 의기양양하게 말했다.

"쳇. 걸려버렸네. 하하. 그래도 겁날 건 없어. 김경종. 나 오랜만에 보지?"

경종은 너무 놀라 아무 말도 못 했다. 정말 오랜만에 본 혁수지만 얼굴은 거의 그대로였다. 세상에 좋다는 음식, 좋다는 약은 다 먹었으니 거의 늙지 않았던 것이다. 사실 그는 젊은 여성과의 밀회를 이어가기 위해 젊음을 유지하는 세포도 이식받았다.

그래서 과거와 달라질 바 없는 외모를 유지했고 경종도 한 번에 알아챌 수 있었다.

"설마 했는데 정말 당신이었어?"

"뭐야. 김경종? 어디 나한테 반말을 지껄여? 대 마이아이의 수장인 나한테?"

어느새 엘리베이터는 비밀 공간에 도착했다. 혁수 따라 경종도 내렸다. 여성은 성가시다는 듯 경종을 흘겨보았다. 가만 보니 여성은 거의 20대 초반처럼 보였다.

경종은 그다지 놀랄 것도 없었다. 혁수의 문란한 생활을 과거에도 간접적으로나마 목격했기 때문이다.

"오빠, 저 사람 뭐냐고? 우리 즐겁게 데이트해야 하는데 빨리 쫓아내. 응?"

"우리 자기 잠시만 저기 가 있을래. 내가 이 사람이랑 얘기 좀 하고. 빨리 쫓아낼 테니 걱정 마. 알겠지?"

혁수는 딸보다 어릴 법한 그녀에게 뽀뽀를 하며 달래었다. 여성은 입을 삐쭉이며 다른 방으로 갔다.

드디어 혁수와 경종이 마주했다. 경종은 손이 부들부들 떨렸다. 혁수가 말했다.

"잘 지냈냐? 아니 뭐 잘 지냈겠지. 내가 주는 월급으로 잘 먹고 잘살았겠지. 내가 여기 회장이야."

스미스 회장이 혁수라는 것은 그동안 모든 일이 혁수가 진행한 일이라는 뜻인데 도무지 믿겨지지가 않았다.

경종은 이 회사에 들어온 것을 후회하며 목소리를 가다듬었다. 일단 지금 그가 온 것은 성진의 안부를 확인하기 위함이었기 때문이다.

이제 경종은 회장으로서 대우하고 싶지도 않았다. 노려보았고 존댓말도 쓰지 않겠노라고 다짐했다.

"성진이 어디 갔어? 성진이 어떻게 된 거냐고?"

스미스 회장, 아니 혁수에게 가장 먼저 물어야 할 것은 성진의 행방이었다. 혁수는 그의 물음에 의미심장한 미소를 지었다. 그 미소가 경종을 더 불안하게 만들었다.

〈with 시〉

자유

왔다가 가고
갔다가 오는 것
시간

저 멀리 있는 넓고 큰 하늘이 별처럼 많고
먼지 같은 존재가 날개 없이 날아다니는 곳

그 별빛 가루 부서져 무지개 피어날 때
눈동자 같은 땅덩이는 사이키 등불로
나를 비추네

그래서
널리 이로운 세상이고 싶고
감옥 같은 이 세상 좁아

언젠가
자유롭고 싶다

뚜벅이

지난 길을 돌아보며
넘어지고 자빠지고
아문 상처 쳐다보니

문득문득 흘릴 눈물
넘쳐나니

이것이구나 이것이야
행복이 바로 너야

오늘도 내일도

뚜벅뚜벅

15화
드러난 혁수의 정체, 그리고 음모

혁수는 조금의 죄책감도 없다는 표정으로 말했다.

"성진이? 아주 잘 살아있지."

"무슨 소리야! 칩을 확인해 보니 에러만 뜨던데. 성진이를 어떻게 한 거냐고?"

"그게 궁금해? 성진이의 뇌랑 우리 손자의 뇌랑 바꾸었지. 이젠 그 정도도 내 능력으로 가능하거든?"

경종은 너무 놀라 그 자리에서 앉아버렸고 잠시 정신을 잃었다. 혁수의 웃음소리에 다시 정신이 들었다.

"당신 미쳤어? 뇌를 바꾼다고?"

"왜? 내 마음이야. 난 이 세상을 다 내 뜻대로 조정할 수 있어. 자네가 이렇게 따질 일은 아니지. 모든 사람을 통제할 수 있도록 도와준 게 자네이니까. 자네가 유괴 방지 프로그램 만들어준 덕분에 모든 사람의 DNA 정보를 얻게 되었지. 그 정보를 담은 칩이 하나로 다 연결되어 내가 장악할 수 있게 되었거든. 이제 난 그 사람들의 일거수일투족을 확인할 수 있어. 뭐, 아쉽게도 성진이 칩은 뇌 이식 덕분에 DNA 변형으로 다르게 바뀌었지만."

혁수의 계략은 상상을 초월하는 것이었다. 세상을 장악하려는 음모라고나 할까. 모든 정보가 들어있는 박스들을 모두 연결한 후 그 안에 빨대를 꽂으려는 야심을 품었던 자가 바로 혁수다. 불가능해 보일 법한 그런 일이 혁수에게는 가능했다.

이제 번호를 입수하거나 개인 간 통화를 하기만 하면 모든 정보가 혁수에게 흘러들어 온다. 번호 입수야 어려운 일이 아니니, 혁수에게 모든 사람들의 정보가 들어오는 것은 이제 충분히 가능한 일이 되어 버렸다. 마치 알파고의 지능이 진화해서 퍼져나가는 것처럼 모든 개인의 네트워크 정보는 블랙홀처럼 빨려 들어오게 되고 그 박스(스마트폰)의 정보는 블록체인으로 묶어버린 후 단 한 사람의 통제권으로서 신의 영역을 탐하는 것이었다.

그만큼 혁수는 자신이 하나님의 자리를 넘볼 수 있다고 자신했다. 그야말로 혁수는 모든 것을 장악하는 '하나의 존재'가 되고자 했다.

한편 경종은 혁수의 말에 소름이 끼쳐 부들부들 떨기 시작했다.

"어떻게 뇌 이식을 할 생각을 해? 당신 미쳤어?"

"새삼스럽게 왜 그래? 자네도 과거에 우리 수한이 대신 시험도 치러주고 그랬잖아. 그런데 그게 참 번거롭더라고. 그래서 마이아이 뇌 연구소에서 아예 뇌 이식 기술을 개발할 수 있게 했지. 놀랄 것 없어. 머리 뚜껑을 열고 수술하는 무식한 방법이 아니라, 프로그램으로 하는 이식이야. 프로그램의 디버깅 단자를 통해 뇌의 일부를 수정하고 교체하는 것이지. 그렇게 세계 최초로 뇌 이식이 가능해졌고. 그 첫 번째가 성진이었어. 나 좀 멋지지 않아?"

생각해 보니 경종의 입사 동기 중에 과학 분야 천재가 한 명 있었다. 영준이라는 인물인데 뇌 과학 연구소로 갔다는 이야기를 들은 적이 있었다. 아마 그곳에서 그런 말도 안 되는 일이 진행되었었나 보다.

당황하는 경종을 보며 혁수는 계속 말을 이어갔다.

"성진이는 내가 조사한 바로는 가장 똑똑한 아이였어. 8살인데 지적 능력은 최고였지. 그 아이를 타깃으로 삼았어. 그때 유괴했던 것도 내가 시킨 거야? 몰랐지? 언론에 유괴 방지 프로그램을 홍보하려면 누군가가 잠시 유괴되어야 하는 데 성진이를 이용 좀 했어. 어차피 이용할 거 계속 이용당하려고. 그런데 걱정하지 마. 성진이는 잘 살아있어."

"어떻게? 어디 있는데?"

"호주로 보냈어. 가족들이랑 안전하게 잘 지내니 걱정 마. 뭐 내 돈으로 집도 좋은 거 사주고, 평생 먹고 살 만큼 두둑이 챙겨주고 있으니 걱정 마셔."

경종은 문득 고등학교 시절 천상 세계의 알레듀스와 이야기하던 것이 떠올랐다. 그때 알레듀스는 이런 말을 했다.

"장벽이 없으니 극적인 차이도, 차별도 없는 거야. 솔직히 먹는 음식도 똑같잖아. 나라고 더 좋은 음식을 먹는 것도 아니고 말이야. 안 그래? 물론 결정적인 차이가 있지. 돈이라고 하는 게 없단 말이지. 그런데 지구에는 돈이라는 게 있고 말이야. 그게 중요한 차이라고 할 수 있지."

그 말이 절실히 와닿았다. 돈으로 무엇이든 되는 세상이 바로 지구였다. 그게 이렇게 처참할 줄이야. 자신도 돈 때문에 희생했지만 성진은 말도 안 되는 희생은 한 게 아닌가!
넋을 잃은 경종에서 혁수는 약 올리듯 말했다.

"난 이제 모든 세상을 지배해. 조금 있으면 전 세계 시민들에게 해당 프로그램을 공유할 거야. 아, 그리고 성진이 뇌가 우리 손자 민수의 뇌랑 바뀐 바람에 민수가 아주 똑똑해졌어. 어쩌면 이렇게 영리할 수 있는지. 사실 알다시피 수한이가 멍청하잖아. 도저히 걔를 후계자로 삼을 수 없겠더라고. 그래서 민수를 제대로 키워보려고 했지. 물론 똑똑하게 키우는 것보다 똑똑한 아이의 뇌와 바꿔치기하는 게 제일 낫겠더라고."
"혁수 당신은 사람도 아니야!"
"아니, 무슨 그런 섭섭한 소리를! 그리고 너무 놀라지 마. 뇌를 서로 교환했다고 해서 뇌 전체를 다 바꾼 건 아니야. 내가 연구소를 통해 치밀하게 연구를 진행하게 했거든. 알고 보니 지능 발현에 중추적 기능을 담당하는 뇌 부위가 대뇌피질의 일부인 '후두정엽'이더라고. 그래서 후두정엽만 교체한 거야. 후두정엽의 기능을 프로그램을 연결한 후 디버깅한 거지.

그러니 너무 걱정 마. 일부만 조금 바꾼 거니까."

물론 뇌를 바꾸긴 했지만 지적 능력을 저장한 뇌만 바뀌었기 때문에 그 나머지 기억들은 떠올리는 데에는 문제가 없었다. 얼마나 연구를 많이 했으면 지적 능력을 가진 뇌만 교체하는 게 가능했을까.

혁수의 말대로 이제 혁수의 손자는 성진의 후두정엽을 이식받아 매우 영리한 영재가 되었다. 반면 성진은 민수의 후두정엽을 이식받아 멍청해졌다. 물론 둘 다 다른 기억들은 그대로 가지고 있다. 가족을 알아보는데도 지장이 없다. 다만 지적 능력만 달라졌을 뿐이다.

경종은 힘이 다 빠진 목소리로 물었다.

"그럼 성진이 부모는? 성진이 부모는 어떻게 했냐고?"
"아, 성진이 부모? 뭐 그것도 돈으로 다 해결되었지 뭐."
"뭐?"
"성진이 부모는 양아빠라며? 겉으로는 성진이를 위하는 척했지만 알고 보니 아니더구만. 성진이 엄마가 없을 때 막 때리고 난리도 아니었다던데? 칩을 통해 다 확인되었어. 마침 그때 자네가 다른 일 때문에 너무 바빠 성진이가 그런 일을 당하는지 몰랐겠지. 하하하."

실제로 성진 아빠는 겉으로만 성진이를 위할 뿐이었고 학대를 일삼았다. 다행히 칩에 신호가 와서 보호를 받긴 했지만 혁수는 그걸 이용해 더 문제없이 성진 아빠를 회유할 수 있었다.

"내가 돈 아주 많이 준다니까 기꺼이 뇌 이식에 사인을 하더라고. 뭐 돈이 최고지."

성진 아빠야 양아빠니 그렇다고 쳐도 어떻게 성진 엄마가 거기에 사인을 했을까 싶었다. 성진 엄마는 정말로 성진이를 끔찍이 사랑하고 있었기 때문이다.

"그럼 성진 엄마는? 성진 엄마가 사인을 할 리 없어. 성진이를 얼마나 아꼈는데."
"에휴. 말도 마셔. 성진 엄마는 끝내 이식할 수 없다고 난리였지. 돈이고 뭐고 다 필요 없고 성진이만 건드리지 말라고. 그래서 내가 성진 아빠한테 1조 원을 더 얹어주었지. 성진 엄마에게 약을 타서 깊은 잠에 빠지게 하라고. 대신 사람과의 관계와 관련된 기억을 소멸하게 했지. 부분 기억상실과 비슷하다고 보면 돼. 대단하지 않아? 그런 기술까지 마이아이가 개발해냈다니! 정말 뿌듯해. 하하하."

정말로 성진 엄마는 끝내 반대했지만 성진 아빠와 혁수의 계략으로 한동안 일어나질 못했고 그사이 부분 기억상실 상태에 빠지게 되었다. 그래서 성진 엄마는 깨어난 후, 성진이와 살아온 것을 전혀 기억하지 못하게 되었다. 물론 남편에 대한 기억도 다 사라졌다.

성진 아빠는 깨어난 그녀에게 이렇게 말했다.

"내가 당신 남편이고 저 아이가 당신 아들이야. 성진이. 기억 안 나겠지만 그런 줄 알고 앞으로 살면 돼. 그리고 우리는 한국인이지만 얼마 전

176

호주로 이사 왔어. 내가 능력이 좀 많아서 당신은 나 덕에 부자로 살고 있는 거야."

성진 엄마는 과거의 가족들에 대해 기억하지 못했고 정말로 그런가 보다 하며 살아갔다.
이 모든 사실을 알게 된 경종은 소리를 지르며 나와버렸다. 더 이상 아무 말도 듣고 싶지 않았다. 그래도 혁수는 어디 찾아 나가 보라며 호주의 성진네 주소를 알려줬다. 그들이 사는 것을 보면 더 괴로울 거로 생각해서였다.

한편 혁수가 이제 정체를 밝히기 시작한 데에는 이유가 있었다. 이제는 세계 전 시민들의 정보를 다 손아귀에 쥘 수 있게 되었기 때문이다. 그러니 자신의 정체가 공개되어도 문제가 없었던 것이다. 행여 성가신 일이 생겨도 통제가 가능하니, 조금도 겁날 것이 없었다.
마침 경종이 자신의 정체를 알아내었지만 그런 이유로 당황하지 않았고 그동안의 행적을 다 말했다. 경종이 이걸 어딘가에 고발한다고 해도 이제는 혁수의 통제안에 들어가기 때문에 그 누구도 자신을 함부로 할 수 없었던 것이다.
경종은 눈물 흘릴 힘도 다 잃은 채 밖으로 나왔고 간신히 내일 새벽 호주행 티켓을 예매했다. 인터넷으로 예매할 때도 손이 떨려 간신히 진행했다. 그리고 다음 날 새벽 일찍 호주로 떠났다. 성진이네가 어떻게 사는지를 확인하고 싶었다.
무념무상의 심정으로 가다 보니 어느덧 혁수가 말한 주소에 도착했다. 골탕 먹이려는 심정으로 혁수가 주소를 가르쳐주었다는 사실도 모른 채 경종은 무너지는 마음을 부여안고 초인종을 눌렀다.

'딩동.'
"누구세요?"

익숙한 목소리였다.

'성진 엄마 목소리다.'

성진 엄마는 문을 열어주었고 경종은 인사했다. 괜히 눈물이 났다. 모르는 척하면서 웃어 보였다.

"저기 누구신가요?"

성진 엄마는 부분 기억상실로 경종을 알아보지 못했다. 자신의 남편과 아들과의 관계도 기억하지 못하니 그럴 수밖에 없었다. 경종도 예상했던 바이지만 직접 그 상황과 마주하자 더 마음이 아팠다.

"저는 성진이와 알고 지냈던 사람이에요. 한국에서 잠시 호주에 놀러 왔다가 들렀어요. 성진이 있나요?"

마침 성진이가 경종을 보고는 달려왔다.

"아저씨! 경종 아저씨다!"

성진 엄마는 성진의 반응을 보고 안도했다.

"아, 진짜 성진이랑 아는 사이시군요. 실은 제가 기억에 좀 문제가 있어서요. 죄송합니다."

"아, 아닙니다."

"일단 들어오세요."

"네. 감사합니다."

경종은 성진에게 주려고 산 선물을 이제야 전달했다. 성진은 뛸 듯이 기뻐했다.

"아! 로봇이다. 엄마, 나 로봇 생겼어! 학용품도 있네. 그런데 난 학용품은 별로 안 좋아해요. 공부하는 게 싫거든요. 헤헤."

총명하던 성진이가 이렇게 변해 있었다. 그렇게 영특하고 공부만 좋아한다던 성진의 지적 능력이 혁수의 손자에게 가버렸으니 그럴 수밖에 없었다. 그걸 보자 더 이상 울음을 참을 수 없었다. 경종은 결국 펑펑 울기 시작했다.

"아저씨. 왜 우시는 거예요?"

"그러게 말이에요. 갑자기 왜 우세요?"

"아, 아닙니다. 전 그만 가보겠습니다."

"조금 더 있다 가셔도 돼요. 곧 남편이 돌아올 거거든요."

남편이 돌아온다는 말에 자리를 비켜야 할 것 같았다. 경종은 성진의 양아빠를 볼 자신이 없었다. 양아빠가 돈 욕심에 자식을 그렇게 만들었다는 사실에 다시 분노가 치밀어 오르는 경종이었다. 거기에 아내까지 그런 지경으로 만들어버렸으니 도무지 용서할 수가 없었다.

돌아보니 집은 너무나 좋아 보였다. 성진은 아빠는 가족보다 돈을 택했고 그 돈으로 이렇게 궁궐 같은 집에서 살고 있는 셈이다.

'그런 결정을 해 놓고 행복하긴 할까? 행복하다면 그게 어디 가족인가? 아무리 양아빠라고 해도 그렇지.'

더 이상 그 자리에 있을 수 없어 인사를 하고 나왔다. 나오는데 집에서 두 모자가 이야기하는 소리가 들렸다.

"성진아. 오늘 너무 놀기만 했으니 수학 공부 좀 하자. 응? 조금만 하자."

"싫어. 나 수학이 제일 싫어. 너무 싫어. 수학만 보면 토가 나올 것 같아."

"그래도 성진아. 너 저번에 학교 진단평가 20점 받았잖아. 초등학교 저학년 수학을 그렇게 못하면 어쩌니?"

"그런데 정말 하기 싫어. 나 텔레비전 볼 거야. 아니면 게임할래. 게임!"

문밖에서 실랑이하는 소리가 들리는데 더 이상 그 대화를 듣기가 거북했다.

'아마 혁수가 민수를 볼 때도 저 상황이었겠지? 내가 알던 성진이는 엄마 말씀도 잘 듣고 그저 책 읽고 공부하는 것밖에 모르던 영재였는데.'

마침 고급 차가 들어오고 있었다. 멀리서 보아도 비싼 차라는 게 느껴졌다. 비싼 차인 것을 보니 분명 성진 아빠인 것 같았다. 혁수가 준 대가로 저런 차를 샀을 게 분명했다.

차가 도착하고 성진 아빠가 내렸다. 얼굴을 본 적은 없지만 성진 아빠가 맞다는 것을 확신할 수 있었다. 차림새를 보아하니 일하러 간 게 아니라 골프를 치러 간 듯했다.

경종은 여유 있게 골프를 치러 다니는 그를 보자 화가 치밀어 올랐다. 마음 같아서는 저주라도 하고 싶었지만 천상 세계에서 절대 허락하지 않기 때문에 눈물을 머금고 돌아왔다.

"성진아. 저런 사람에게서 당하고 살았던 거니?"

마치 자신의 아이처럼 느껴질 정도로 마음이 아파오는 경종이었다.

〈with 시〉

매화비

마음속에 수줍은 망울이
피어오른다

눈물의 망울이 가슴으로
흐르네

단비가 내리려나 보다
방울이 떨어진다

빗방울은
사랑일까

사랑

생각합니다
생각하고 있습니다
나는 당신을 생각하고 있답니다

커피잔을 들고서도
마시면서도
버스 안에서 차창을 바라보면서도
나는 생각하고 있다고 이야기한답니다

인파 속을 헤치며 비좁은 시장길을 걸어도
조용한 오솔길을
걸어도

내 가슴 속에 메아리치고 있는 생각의 진실은
어떤 글로써도
적을 수가 없어요

다만

이 아름다운 고통을 혼자서 미소 지으며
생각할 뿐이랍니다

아들에게

꽃의 도시 "피렌체"
새로운 창조의 시대가 시작된 르네상스의 고향
아이네아스는 전쟁을 나가기 전
아들의 입술 끝에 입 맞추며 이렇게 말했다

내! 아들아
너는 용기와 진정한 노고는 나에게서 배우고
행운은 다른 사람에게서 배우도록 하라

비루투스
아레테
포루투나

지혜의 눈을 뜨고
낮과 밤에 있었던 모든 일들은
관찰하는
그리스의 새
부엉이

인용(프라톤아카데미)

16화
마이아이의 모든 프로그램에는 속셈이 숨어 있었다

한편 그 시각 성진의 뇌 일부의 기능을 받은 민수는 영재가 되어 활약하기 시작했다. 벌써 고등학교 문제를 풀 정도로 남달랐다. 혁수는 흡족해했다.

물론 혁수는 민수를 손자로서 예뻐하여 그런 시도를 한 게 아니었다. 수한에게도 정을 주지 않으면서 기업을 잇게 하려고 경종을 통해 대리 시험을 치르게 했듯, 민수도 아끼기보다는 기업을 이을 도구로써 바라볼 뿐이었다.

물론 손자로서 기본적은 정은 있겠지만 일반적으로 조부모가 손주를 볼 때 느끼는 벅차오르는 감정은 없었다.

그도 그럴 수밖에 없는 것이 혁수에겐 손자가 많다. 다른 여성이 낳았던 자녀가 또다시 자녀를 낳아 혁수의 손주로서 사는 사람이 꽤 된다.

그래서인지 혁수에겐 손주가 별다른 의미가 없다. 단지 친손주에게 자기의 재산을 물려주어야 하기 때문에, 재산 지킴이인 친손주를 조금 더 아끼긴 한다. 하지만 그조차도 자신을 위해서일 뿐이다.

이제 혁수의 손자인 민수는 혁수 다음으로 마이아이를 물려받게 된다. 물론 혁수는 오래 살도록 자신을 관리해 가고 있는 만큼 몇십 년이 지나야 민수는 마이아이를 물려받게 될 것이다.

그리고 성진에게서 받은 그 놀라운 지적 능력은 오직 개인의 탐욕을 채우는 데 사용될 것이다. 선한 사람이 능력을 가지면 선하게 쓰이지만 악한 사람이 능력을 가지면 같은 능력도 악하게 쓰일 뿐이다.

아쉽게도 성진에게 있었으면 선한 영향력으로 다가갔을 그 지적 능력이 이제 민수에게 온 이상 잘못된 목적으로 쓰일 수밖에 없다.

아마도 민수 또한 혁수처럼 자기 배를 채우는 용도로, 자신의 권력을 보장하기 위한 용도로 그 능력을 쓸 것이다.

그리고 원래 혁수의 뒤를 이어야 할 수한은 도무지 대책이 없어 방랑하며 지낼 뿐이다. 돈이야 넘치도록 많으니 매일 술을 마시며 의미 없는 인생을 보낸다.

가족의 사랑을 경험해 보지 못한 수한이기에 그에게는 삶이 그다지 의미가 있지 않았다. 목표도 뜻도 없었고 그냥 그날 하루를 즐기면서 방탕한 시간을 보내는 것으로 채워가곤 했다.

'돈과 여자면 되지 뭐.'

이것이 수한의 신조이자 좌우명이었다. 혁수도 더 이상 그를 건드리지 않았고 수한의 어머니도 더 이상 수한과 교류하지 않았다. 그 세계에서 가족은 더 이상 의미가 없었다. 물질을 이어받을 자손을 세우는 것, 그 정도로만 가족이 기능할 뿐 사랑을 주고받는 공동체로 가족의 의미는 없었다.

사랑이 부족한 그들이었지만 그렇다고 해서 외로워하지도 않았다. 저마다 마음이 끌리는 대상을 만나가면서 욕구를 충족시키니 혁수도, 혁수의 아내도, 수한도 외롭지 않다고 느끼곤 했다.

정작 주변의 사람들은 그들을 보며 외롭고 불쌍하다고 생각하는데 본인들은 체감하지 못하고 있었던 것이다.

한편 한국에 돌아온 경종은 그동안 자신이 하던 일이 어떻게 돌아가고 있는지부터 파악하고자 했다. 지금 유괴 방지 프로그램이 인류를 장악하기 위한 도구였던 것처럼 이전에 개발하고 연구했던 결과물 또한 잘못된 방향으로 사용되고 있을 것만 같았다.

경종은 죄책감이 밀려왔다. 그동안 자신이 대체 무엇을 하고 있었단 말인가. 가장 먼저 떠오른 것은 취약층 가구를 위한 인공지능 교육 프로그램 개발(휴먼 로봇 개발)이었다.

경종은 당장이라도 회사를 그만두려고 했지만 일단 그 프로그램의 실체라도 파악해야겠다고 생각했다. 얼른 자신이 연구한 프로그램이 어떻게 상용화되고 있는지를 추적해 보았다. 당연히 선의를 위해 쓰이고 있을 거로 생각했던 프로그램이라 여겨 어떻게 쓰이는지 살펴보지 않았던 경종이었다.

'프로그램을 잘 만드는 게 끝이 아니구나. 그것이 어떻게 활용되는지 살피는 게 더 중요하구나.'

문득 인간 세계에서 노벨이란 과학자가 겪었다는 에피소드가 생각났다. 인류의 행복을 위해 다이너마이트를 만들었지만 그것이 전쟁의 도구를 쓰이게 되었을 때 그가 느꼈던 비극은 어떠했을까? 경종은 노벨의 심정을 느끼며 괴로워했다.

알고 보니 경종의 프로그램에는 질이 떨어지는 교육 자료들이 제공되고 있었다. 가난하지만 높은 수준을 가진 학생들은 더욱 고도화된 수업을 들어야 하는데 자신이 아는 게 전부인 것처럼 착각하게 만드는 프로그램이었다.

공부하면 할수록 '아, 나는 지금 잘하고 있구나!'라고 생각하게 만들지만 결국 시험이라는 결과물 앞에서는 좌절하게 만드는 방식이라고나 할까.

그것이 끝이 아니었다. 경종은 가난한 학생들도 고급 교육 정보를 제공받을 수 있도록 팝업창을 통해 지속적으로 정보가 제공될 수 있게 세팅해두었다.

그러나 현실은 달랐다. 경종의 손을 떠나면서 혁수의 계략에 따라 팝업창 끝부분에는 불온하면서도 음란한 광고들이 보일 수 있게 설치되었고 건전한 학생들도 호기심에 누를 수밖에 없는 상황이 발생했다. 따라서 공부를 하다가 그 광고 때문에 정신이 흐트러지는 상황이 발생했고 사이버 환각 상태에 이르게 되었다.

즉, 경종의 프로그램은 가난한 집안 아이들의 수준을 더 떨어뜨리고 그릇된 문화로 인해 정신을 희미해지게 하는 도구로 활발하게 사용되고 있었다.

그런데 대체 왜 혁수는 이렇게까지 한 것일까? 돈 많은 자들이라면 경쟁 상대니 위협할 만도 하지만 가난한 집안 아이들은 어차피 적수가 되지 않을 텐데 말이다.

그가 이러한 프로그램을 제공한 데에는 분명한 이유가 있다. 그는 가난한 자들이 똑똑해지는 것을 철저히 경계했다. 가난한 자들이 권력을 잡게 되는 걸 미연에 방지하기 위해서다.

혁수에게 있어 기득권은 가난한 자들이 침범할 수 없는 영역이었다. 무엇보다 가난한 자들이 권력을 잡게 되면 더 무서운 결과가 등장할 수 있었다.

가난한 자들 중엔 부를 갖지 못한 대신 탁월한 머리를 지닌 경우가 많았기 때문이다. 실제로 돈으로 할 수 있는 일도 머리로, 지혜로, 능력으로 해결해야 하기 때문에 돈이 있는 사람보다 능력을 발휘함에 있어서 특화될 수밖에 없다. 그만큼 혁수는 더 경계할 수밖에 없었다.

그래도 경종은 이 상황을 받아들이고 싶지 않았다.

'아닐 거야. 절대 그럴 리 없어. 아무리 혁수가 그런 수를 쓴다고 한들 실제로 가난한 집안 아이들이 피해를 보았을 리 없어. 똑똑한 아이들이 혁수의 농간에 쉽게 넘어갈 린 없잖아.'

경종은 얼른 최신 대학입시 자료를 찾아보았다. 경종이 대학에 들어갈 시기만 해도 부유하지 못한 집안 아이들이 꽤 많이 명문대에 진학했다. 개천에서 용 나는 시대가 이미 끝났다고는 하지만, 그럼에도 부유한 아이들만이 상위권을 장악한다는 것은 상상조차 할 수 없었다.

그러나 프로그램의 보급 후, 이제는 개천에서 용 나는 것은 아예 불가능한 일이 되어 버렸다. 부가 권력을 100퍼센트 장악할 수밖에 없는 체제로 들어선 것이다.

경종은 눈앞이 캄캄했다. 자책감이 밀려왔다. 자신이 대체 무엇을 한 건가 싶어 암담했다.

돌이킬 수 없는 상황에서 경종은 아무도 모르는 곳으로 떠나고 싶었다. 죄책감이 너무 커, 아무 생각도 하고 싶지 않았다.

회사에는 사직서만 대충 써서 올린 후, 바로 퇴사했다. 갑작스런 퇴사에 동료들이 당황했지만 이런저런 설명을 덧붙이고 싶지도 았았던 경종이었다.

퇴사 후 가장 먼저 찾은 곳은 부모님 댁이었다.

"아버지, 어머니. 저예요."
"경종아. 왔니? 웬일이니?"

늘 그렇듯 무뚝뚝한 어투지만 그 안에 따뜻한 사랑이 담겨있다는 것을 모를 리 없었다. 경종은 부모님을 보니 눈물이 왈칵 쏟아져나왔다. 그 모습을 본 부모님은 더 놀랐다.

"아니, 무슨 일이니?"

아마 아직도 경종이 혁수의 계략에 휘둘리고 있다는 것을 알면 쓰러지고도 남으실 것 같았다. 끝내 경종은 그에 관해서는 아무 말도 하지 않았다. 대신 퇴직하게 되었다는 이야기만 둘러대었다.

"사실 저 퇴직했어요. 몸이 좀 피곤하고, 너무 지쳐서 시골에 내려가 쉬다 오려구요."
"그래. 잘했다. 계속 밤새며 연구만 하더니 결정 잘 내렸다."

웬일로 아버지가 격려해 주셨다. 당장이라도 시골에서 쉬면서 몸을 추

스르라고 조언해 주었다.

그래도 경종은 이전보다 나은 형편에서 사는 부모님을 보며 조금이라도 위안을 느꼈다. 자신이 벌어들인 수익으로 부모님께 괜찮은 집을 사드렸는데 아들이 사 준 집이라며 고이고이 사용하시는 부모님의 모습에 감동했던 경종이었다.

비록 불의의 일을 하느라 벌어들이게 된 돈이지만 그 돈으로 부모님이 조금이라도 나은 삶을 살 수 있게 된 것에 아주 조금이나마 마음이 편해지는 것을 느낄 수 있었다.

하지만 그 돈이 혁수의 나쁜 의도로 인해 벌게 되었다고 생각하면 다시 화가 치밀어올랐다. 말 그대로 경종은 오락가락한 상황이었다. 자신이 일을 해서 부모님께 효도했다는 안도감과 본의 아니게 사회에 악영향을 미치게 되었다는 죄책감이 공존하니 그럴 수밖에 없었다.

더 이상 그 자리에 더 머물 수가 없어 얼른 인사드리고 나왔다.

며칠 후, 살던 집을 정리하고 멀고 먼 시골 마을로 향했다. 정말 아무도 자신을 모르는 곳에서 아무 생각 없이 살고 싶었다.

시골 마을로 내려온 경종은 이제야 숨통이 트이는 것 같았다. 혁수로 인해 괴로운 마음을 잠시라도 잊을 수 있을 것만 같았다. 자연의 공기가 그를 위로해 주었다.

경종은 소박한 작은 집을 마련했다. 다행히 시골이라 집값도 저렴했다. 몇 가지 물건만을 들여다 놓고는 맘 편하게 하루하루를 지냈다. 죄책감이 밀려올 때는 냇가에 가서 세수를 하며 이겨냈다.

그날도 괜한 마음이 밀려와 얼른 세수를 했다. 그날따라 냇가 물이 차가왔다.

"뭐지? 왜 이렇게 차갑지?"

"하하하."

인적이 드문 동네인데 사람 목소리가 났다. 경종은 고개를 들지 못했다. 괜히 겁도 났다. 가만히 듣자 하니 여성의 목소리 같았다. 특히나 그 냇가는 경종 외에는 동네 사람도 잘 오지 않는 곳이었다. 그만의 아지트였는데 갑자기 여성의 목소리가 나자 흠칫했다.

그러나 흠칫할수록 여성은 더 크게 웃었다.

"하하하. 하하하."

경종은 안 되겠다 싶어 고개를 살며시 들고는 웃음소리가 나는 쪽으로 돌아보았다.

깊은 사랑 2

님이여 기다려요
돌아올 그때까지는
사랑도 아픔인 걸 모르는 나에게

너와 나 주고받은 아픈 사랑이
하늘의 원망으로 다가올 때

아아아
아아
아

당신의 그 마음은
사랑
입니다

고향의 어머니

산 너울을 비껴가는 저 구름아
내 마음을 전해다오

봄꽃이 필 때면 설레는 마음으로
꽃씨 뿌려,
손마디엔 피가 맺혀

여름이면 힘든 숨을 참아가며
땀에 젖은 수건 끝을 입에 물고

가을의 감미 뒤로한 채
시장 바닥 긁어가며
하늘 대신 땅만 보고

겨울의 한기를 맨손으로 다듬던
그 이름!
고향의 어머니

철없는 이놈에게
무슨 희망 그리 걸었는지
지난 세월 다 잊고

지금도!
대문 소리 들릴 때면
이놈인가
저놈인가
맑은 미소 절로 짓네

17화
행복이 시작되었지만 그 또한 불행이었다

"누, 누구세요?"

경종은 조금 당황스러웠다. 한적한 동네에 처음 보는 사람이 등장해서
가 아니였다. 호기롭게 웃는 그 사람은 인간 세계에 온 이후로 만난 여성
중 가장 아름다운 여성이었기 때문이다. 잠시 넋을 잃고 그녀를 바라보았
다.

여전히 그녀는 호탕하게 웃으면서 경종을 바라보았다.

"하하하. 어디서 오셨어요?"

"아, 네. 전 서울에서 오긴 했는데요."

"저도요. 놀러 온 거예요?"

"아, 아니요. 여기에 살아요. 서울에서 살다가 얼마 전에 왔어요."

"아, 그러시구나. 전 놀러 왔는데. 맑은 공기 좀 실컷 쐬려구요."

문득 한국에서 유명하다던 소설가 황순원 님의 소나기가 생각났다. 천상 세계에서도 하도 유명하다고 해서 몇 번 본 적이 있었다.

'거기에 등장하는 소년이 마치 내 모습 같아. 저 여성은 꼭 소녀 같고.'

경종은 놀러 왔다는 말을 마치 요양왔다는 말로 변형하여 받아들였다. 그만큼 그녀는 호탕한 웃음과는 달리 가냘프고 가녀린 모습이었다.

경종은 그렇게 그녀를 소나기에 등장하는 예쁘면서도 당장 한 소녀에 이입시켰고 동시에 자신 시골 소년, 곧 남주인공에 이입시켰다. 그래서일까, 왠지 모르게 그녀가 더 특별하게 다가왔다. 경종은 자신도 모르게 그녀와 자신이 특별한 관계로 발전할 것만 같은 기분이었다.

사실 경종은 인간 세계에서 살면서 많은 여성을 보아왔고 그중에는 남다른 미를 자랑하는 여성도 많았다. 하지만 마음이 요동치는 것은 이번이 처음이었다. 뭔가 그녀에게는 신비로운 느낌이 감도는 것만 같았다.

그녀의 후광에 얼떨떨해하는데, 경종의 마음을 아는지 모르는지 그녀는 계속 말을 걸었다.

"어디 사시는데요?"

경종은 조금 떨리는 손으로 자신이 살고 있는 집을 가리켰다.

"저기, 하얀 대문 보이죠? 저기예요."

"우와. 나중에 놀러가봐도 돼요? 아, 제 소개가 늦었네요. 제 이름은 소연이에요."

경종은 고개를 끄덕였다. 알고 보니 경종의 촉이 틀리지 않았다. 소연은 젊지만 몸이 약해 요양 차원에서 잠시 이곳에 들른 것이었다.

물론 심각한 병은 아니었다. 본래 몸이 약한데 미세먼지를 비롯 환경오염이 극에 달하자 면역력이 약한 그녀는 견디기가 어려웠던 모양이다.

'인간 세계의 위기 중 하나가 환경문제라더니. 이렇게 환경문제로 집을 떠나야 하는 사람들이 생기는구나.'

경종은 소연을 보면서 지구의 위기를 간접적으로나마 느낄 수 있었다.

사실 경종이 소연이 여기 온 이유를 예상하기 쉬웠던 이유가 있다. 이곳에는 요양할 겸 잠시 머무르는 사람들이 종종 있기 때문이다. 그런 차원에서 고급 펜션도 많이 지어진 편이다. 그러니 익숙하지 않은 사람과 마주하면 으레 요양 목적으로 왔나보다 생각하곤 했다.

어찌 되었든 요양 차 온 사람 중에 유달리 아름다웠던 그녀였기에 어느새 경종은 소나기의 주인공이 된 양 설레는 감정에 빠질 수밖에 없었다.

물론 소나기 속 주인공과 차이가 있다면 경종도 요양 차원에서 이곳에 온 것이나 다름없다는 사실이다. 정신적인 충격에서 벗어나려고 서울을 떠난 것이니.

소연은 펜션에서 지내며 요양을 하는 동안 경종과 보다 가까운 사이가 되었다. 면역력이 약한 만큼 더 밝게 지내려는 그녀의 성격 탓에 다소 무뚝뚝한 경종도 그녀 앞에서는 밝아질 수 있었다. 혁수로부터의 상처도 그녀 앞에서 만큼은 잊을 수 있었다.

그리고 예상했듯이 경종은 그녀와 결혼하기로 정했다. 어쩌면 그녀를 처음 본 그때부터 이미 작정했는지도 모른다. 비록 아픈 몸을 안고 있지만 경종은 이곳에서 함께 살면서 그녀를 더 보살펴주고 싶었다.

그는 본의 아니게 인류에게 저지른 일들을 그녀를 돌보는 일을 통해서라도 만회하고 싶었다. 물론 그것 하나로는 결코 만회할 수 없겠지만.

역시나 면역력이 약했던 그녀도 맑은 공기를 마시고 맑은 물을 마시면서 나아지기 시작했다. 경종은 자신이 이곳에 이사 왔다는 것에 대해 더없는 보람을 느꼈다.

"정말 잘 선택했다. 그녀와의 삶은 천상 세계 신들이 내게 주신 선물일지도 몰라."

2달이 지난 후, 경종은 소연과 소박하게 결혼식을 올렸다. 양가 부모님만 모신 채로 올린 결혼식이지만 경종은 더없이 행복했다. 그녀 또한 마찬가지였다. 결혼식을 하는 동안 경종은 속으로 이렇게 되뇌었다.

"아, 나도 행복이란 걸 경험해 보는구나."

그러나 경종의 행복이 오래 갈 리 없었다. 아니, 경종이 행복해하는 동안에도 혁수는 경종을 불행하게 만들고 있었다. 이미 사람들의 일거수일투족을 다 장악하고 있던 혁수가 아니던가!

그 시각, 혁수는 경종이 모습을 스크린으로 바라보고 있었다. 혁수는 원하기만 하면 사람들이 사는 모습을 볼 수 있다. 각자의 스마트폰에 심어진 칩이 그런 기능을 해내고 있었던 것이다.

따라서 원하기만 하면 특정 사람의 칩을 통해 그들이 사는 모습을 다 지켜볼 수 있었다. 물론 혁수의 만행을 아는 이는 없었지만 말이다.

혁수가 가장 주목했던 인물은 당연 경종이었다. 마음만 먹으면 언제든지 그가 지내는 모든 것을 다 지켜볼 수 있었다. '트루먼 쇼'라는 영화 속 허구가 현실이 된 것이다.

차이가 있다면 트루먼 쇼에서는 사람들이 짐 캐리의 삶을 들여다보는 구조였지만, 지금은 반대로 혁수라는 한 사람이 모든 사람의 삶을 들여다보는 구조였다.

그렇게 경종이 소연과 결혼하는 모든 과정을 혁수는 지켜보고 있었다. 특히 혁수는 수많은 여성과 문란한 관계를 지속하면서도 해소되지 못한 욕구들이 있었는데, 다른 이들의 삶을 몰래 지켜보면서 해소되지 못한 남은 욕구들을 풀어갈 수 있었다. 혁수는 관음적인 욕구도 유독 강했기에 타인의 삶을 지켜보는 것이 무한한 행복으로 다가왔다.

혁수는 사실 소연을 처음부터 점찍어두고 있었다. 경종의 삶을 늘 지켜보긴 했지만 소연과 처음 만날 때부터 더 집중적으로 경종의 삶을 주시했다.

경종이 반할 정도로 신비스러운 얼굴을 가진 소연이었기에 혁수 입장에서도 끌리지 않을 수 없었다.

'오. 신선한 마스크인데?'

사실 소연은 절세미인과는 아니었다. 풍겨내는 분위기가 신비롭고 특별했던 것이지, 화려한 외모를 자랑하는 것은 아니었다.

하지만 수없이 많은 미인을 보아온 혁수에게는 그런 독특한 분위기가

200

더 자극될 수밖에 없었다.

역시나 승부욕이 발동했다.

'마음에 드는데? 소연이라고 했던가? 경종에게 또 한 번 신세를 져야겠구만! 아, 아니지. 신세라니! 내가 내 것을 갖는다는데 신세는 무슨!'

경종은 이러한 혁수의 계략을 알 리 없었다. 아무것도 모른 채 소연과 즐거운 나날을 보냈다. 특히 소연의 몸이 회복되는 것을 보면서 경종도 뭔가 기분이 쇄신되는 것 같아 행복했다.

하루는 소연이 오랜만에 서울 나들이를 가고 싶다고 했다. 요양 차원에서 물 맑고 공기 좋은 곳에 오긴 했지만 그도 가끔은 서울이 그리웠던 모양이다. 경종은 흔쾌히 허락했다.

"응. 잘 다녀와."

소연은 오랜만에 서울에 간다고 생각하니 괜히 설레었다. 잠도 설쳤다. 경종은 비록 잠깐이긴 하지만 오랜만에 서울에 가는 소연을 위해 아침을 준비하기로 했다.

'내일 새벽 일찍 일어나서 맛있는 아침을 챙겨줘야겠다.'

알람을 맞춰놓고 눈을 뜨자마자 침대에서 벌떡 일어났다. 그런데 아직 자고 있을 줄 알았던 소연이 없었다.

'아. 벌써 일어난 거야? 내가 더 먼저 일어나서 깜짝 요리해주려고 했는

데.'

일단 경종은 부엌으로 향했다. 소연은 부엌에도 없었다. 화장실에도 없었고 집안 어디에도 없었다.

'어? 어디 간 거지? 아침부터 산책 나갔을 린 없는데. 설마 벌써 서울 간 건가?'

그것도 아니었다. 소연이 가져가려고 싸놓은 가방은 아직 집 안에 있었기 때문이다.

'어떻게 된 거지? 에이. 조금만 기다려보자. 곧 오겠지 뭐.'

그러나 소연은 계속 오지 않았다. 서울 갈 때 들고 갈 가방만 집 안에 덩그러니 놓여있고 가방 주인은 얼굴도 비추지 않고 있었던 것이다.

그제야 경종은 불안해지기 시작했다. 순간 성진이가 떠올랐다. 그만큼 불길했다.

'분명 혁수의 짓일 거야.'

갑자기 경종의 눈에서 눈물이 흘러내렸다. 혁수에게 또 당했다는 원망 때문이었다.

사실 확인된 것은 아무것도 없었다. 혁수가 지금 아내의 실종에 개입되었다는 증거가 어디 있단 말인가? 하지만 경종은 확신할 수 있었다.

'말도 안 되는 일을 할 인간은 이 세상에 혁수밖에 없어. 두고 보자.'

경종은 심호흡을 한 후, 차에 탔다. 운전을 하는 내내 손이 떨려왔다. 그리고는 혁수의 주소지로 향했다.

'부디 무사하기라도 했으면 좋겠다.'

경종의 유일한 바람은 그것뿐이었다. 아무 생각 없이 운전을 하고 보니 어느덧 혁수의 집에 다다랐다.
과거에 아버지와 함께 이 집에 왔던 기억이 났다. 그때의 상처가 떠올라 더 괴로웠다.

경종은 다시 한번 심호흡을 한 후, 초인종을 눌렀다.

'딩동.'
'딩동.'

초인종을 계속 누르는데도 사람이 나오지 않았다. 메이드들이 많기 때문에 초인종을 누르면 바로 누군가가 나와야 하는데 아무도 나오지 않은 것이다.

'설마 다른 곳으로 이사 갔나?'

명패를 보니 그것도 아니었다. 혁수의 집인 것은 분명했다. 경종은 다시 초인종을 눌렀다. 누군가가 나올 때까지 계속 눌러대었다.

'딩동.'
'딩동.'
'딩동.'

한참을 누른 후에야 누군가의 음성이 들렸다. 짜증이 섞인 목소리였다. 아니 앙칼진 목소리에 더 가까웠다.

'아, 누구세요? 정말!'

익숙한 목소리였다. 그렇다. 혁수의 아내이자 수한의 엄마! 오랜만에 듣는 목소리인데 듣자마자 바로 알아챌 수 있었다. 그런데 메이드들이 아닌 혁수의 아내가 직접 누가 왔는지를 확인한다는 게 좀 이상했다.

헤라클레스

헤라클래스 헤라클레스
로뎅 옆에 헤라클레스

무슨생각 헤라클레스
기다리나 헤라클레스

오고 가는 길가에서
헤라클레스

누구 생각 헤라클레스
기다리나 헤라클레스

하루 종일
언제까지
추억 속의
헤라클레스

스파르타 장군이여 헤라클레스

나의 창가에

나는 오늘 꿈을 꾸었습니다
바빌로니아의
공중 정원을
짓는 꿈을

아니
루첼라이 정원의
유럽풍이 좋을까

나!
드리고 싶고
그리고 함께하고 싶습니다

별처럼 많은 사람들과 또한 그대와

18화
모든 것을 장악한 한 사람

경종은 혁수의 아내임을 알아채고는 조심스럽게 말했다.

"저, 사모님이신가요?"

이 상황에서 자신이 경종이라고 해도, 혁수의 아내는 경종이 누구인지 알 수 없을 것이다. 굳이 자신의 이름은 밝히지 않고 용건만 말했다.

"저 김혁수 회장님을 뵈려고 왔습니다."

순간 스피커폰 기능 탓인지 초인종에서 이런 대화가 새어 나왔다.

"아, 짜증 나. 자기야. 갑자기 누가 찾아온 거야?"
"몰라. 그냥 초인종 꺼놓을걸. 잠깐만 기다려 봐. 자기야!"

혁수의 아내는 다시 경종에게 소리쳤다.

"여기 김 회장 없고요. 당장 꺼져요. 문 못 열어준다고요!"

경종은 어떤 상황인지 충분히 짐작할 수 있었다. 혁수의 아내와 대화를 나누던 이는 젊은 사내였다. 목소리만 들어도 최대 30대, 최소 20대라는 것을 눈치챌 수 있었다.

그런 젊은, 아니 어린 사내가 대낮부터 나이 든 회장 사모님과 놀아나고 있었던 것이다. 아마 이 밀회를 위해 메이드를 임시로 다 내보냈는지도 모른다. 그 시간대에는 누가 방문할 일도 없고 혁수도 집에 들어오지 않기 때문에 안심하고 밀회를 즐기고자 했던 것이다.

그런데 이런 불청객이 갑자기 나타나 초인종을 울려대니 얼마나 짜증이 났겠는가?

경종은 더 이상 초인종을 누르지 않았다.

'그 남편의 그 아내구나. 아니 부부라고도 할 수 없지. 이미 깨어진 가족 아닌가.'

실제로 혁수의 아내는 혁수가 여성들과 밖에서 수시로 만남을 갖는 동안, 이를 보상이라도 하듯, 젊은 사내들과 만남을 갖곤 했다. 혁수의 아내도 여성이었기에 남편의 사랑을 원했으나 단 한 번도 받지 못한 그 사랑에 이미 피폐해질 대로 피폐해져 있었다. 그리고는 그 헛헛한 마음을 다양한 남성들을 통해 풀어나가려고 했다. 그 순간 만큼은 짜릿했고 행복했기 때문이다.

혁수의 아내는 비록 사랑을 받지는 못했지만 돈이 많았기 때문에 언제든지 남성을 구할 수 있었다. 남성들 또한 나이 든 여성과 만남을 갖는 것에 그다지 거리낌이 없었다. 큰돈을 준다고 하니 나이가 어떠하든, 여성으로서 매력이 어떠하든 아무런 신경을 쓰지 않은 것이다.

경종은 황당한 표정을 지으며 혁수의 집을 나왔다. 문득 어떤 생각이 머리를 스치고 지나갔다.

'아. 내가 온 건 아내를 찾기 위해서였지?'

황당하고 당황스러운 혁수 아내의 모습에 자신이 여기에 왜 왔는지도 잠시 잊은 경종이었다.

'그래. 집에 없다면 회사 비밀 장소에 있겠구나.'

경종은 얼른 회사로 향했다. 출입증을 반납하여 들어갈 수 없지만 다행히 친분을 쌓아두었던 경비 아저씨에게 잘 말해서 무사통과할 수 있었다.

평소 경종의 일거수일투족을 지켜보던 혁수 또한 그가 회사를 통과하는 것을 용인했다. 아니 일부러 들어오기를 기다렸다. 자신의 하고 있는 짓을 경종에게 자랑하기 위해서였다.

경종은 과거의 비밀 장소로 향하는 엘리베이터에서 한참을 기다렸다. 그날은 평일이라 절대 이곳으로 올라올 수 없다는 것을 알지만 그래도 무작정 기다렸다. 이전에는 아무도 없는 금요일 밤이라 혁수가 이곳으로 올라갈 때 잠입할 수 있었지만 평일에는 그런 습격을 기대할 수 없었던 것이다. 그런데 얼마 후 갑자기 문이 열렸다.

'어? 문이 열려? 에라이 모르겠다. 일단 올라가자.'

조금 두렵긴 했지만 경종은 일단 비밀 엘리베이터를 타고 올라갔다. 그리고는 혁수의 비밀 장소에 내렸다.

역시나 문이 열린 것은 혁수의 의도에 따른 것이었다. 그는 자신의 지금 상황을 보여주고자 경종을 일부러 올라오게 한 것이다. 경종은 혁수가 있을 법한 곳으로 들어왔다. 이미 경종은 뭔가를 예상이라도 한 듯, 폭발 직전에 있었다.

혁수가 있는 곳으로 와 보니, 예상대로 그녀가 있었다. 소연이 혁수와 함께 있는 것이었다. 순수하고 아름답고 신비롭기만 하던 그녀가 아무렇지 않은 표정으로 혁수 곁에 있었다.

'……'

아무 말을 할 수가 없었다. 소연은 아무 죄책감 없이 경종을 바라보고 있었다. 어젯밤까지만 해도 경종과 함께하던 그녀가 아니었던가?

당황하는 경종을 보며 혁수는 껄껄 웃어댔다. 그녀 또한 호탕하게 웃었다. 그녀를 처음 볼 때 웃던 그녀의 특별한 웃음소리가 오늘은 심히 거슬렸다. 그때는 신비롭고 관심을 갖게 만드는 웃음소리였다면, 같은 소리임에도 지금은 비웃음과 조소가 가득한 소리였다. 혁수가 말했다.

"놀랐어? 에휴. 놀랐구만! 하하하. 이제 소연이는 내 거야. 내가 매일 자네 모습을 늘 살펴봤거든. 내가 자네한테 관심이 좀 많잖아. 그런데 이렇게 예쁜 아가씨와 결혼했더군. 보자마자 나도 한눈에 반해버렸지 뭐야?"

경종은 주먹을 불끈 쥐었다. 손이 부들부들 떨렸다. 혁수는 말을 이어갔다.

"그래서 내가 갖기로 했어. 왜냐고? 이 세상은 다 내 거니까. 소연이도 내가 갖기로 한순간 내 것이 되는 거거든. 그래서 어젯밤에 얼른 데리고 왔어. 아, 마침 서울에 가려고 했다고 하지 않았나? 그런데 더 기다릴 필요가 뭐 있어. 내가 그냥 얼른 데리고 왔지 뭐."

경종은 어이없다는 눈빛으로 소연을 바라보았다. 소연은 아무런 죄책감도 없이 혁수에게 기대 있었다.

"경종. 너무 속상해하지 마. 나는 소연이 원하는 것 다 해줬거든. 아버지가 편찮으신 거? 내가 다 해결해 줬어. 당장 간 이식이 필요하다고 하던데. 그까짓 것 일도 아니더라고. 얼른 아무나 골라서 이식해 줬지. 하하하. 그러니 우리 소연이가 나한테 얼마나 고맙겠어. 반나절 만에 아버지를 고쳐줬는데."

순간 경종은 눈치챘다. 소연답지 않은 모습에 소연의 뇌 또한 조작을 했음을 알 수 있었던 것이다. 마치 성종의 뇌 일부를 디버깅했던 것처럼.

'어쩐지. 아까부터 내가 알던 그 눈빛이 아니었어.'

아무리 아버지를 고쳐줬다지만 그것 하나로 완전히 혁수에게 넘어갈 그녀가 아니었다. 그럼에도 지금 혁수에게 기대고 있는 것은 점점 그녀의 감정을 지배하는 뇌 기능이 혁수가 원하는 바 대로 흐르고 있었기 때문이다. 처음에 아버지 치료를 목적으로 그녀를 꼬드겨서 여기까지 왔지만 그 후부터는 이미 그녀의 뇌 또한 혁수에게 빠져들 수밖에 없는 상황이 된 것이다. 그러면서 자연히 경종에 대한 마음도 잊혀갈 수밖에 없었고 경종을 닭 보듯 쳐다보게 되었던 것이다.

이제 지혜롭고 순수했던 소연은 돈과 성적 욕구에 행복을 느끼는 타락한 여성으로 변해버렸다. 경종은 소연을 보며 하염없이 눈물을 흘렸고 소연은 그런 경종을 대수롭지 않게 쳐다보았다.

더 이상 소연을 찾고 싶지도 않았다. 혁수와도 더 이상 한 공간에 있고 싶지 않았다. 경종은 얼른 그 자리를 빠져나왔다.

경종은 그냥 무작정 길을 걸었다. 집으로 갈 힘도 없었다. 아무 생각 없이 들어간 곳이 지하철이었다. 어디를 가도 좋으니 일단 타자며 확인도 하지 않고 지하철에 탑승해 앉았다. 그리고는 자신도 모르게 잠이 들었다.

"조르반! 조르반!"

"으응?"

갑자기 어딘가에서 경종의 천상 세계 이름을 부르는 게 아닌가?

'아니 지하철에 내 천상 세계 이름을 아는 사람이 있단 말인가?'

경종은 순간 자신이 꿈을 꾸고 있다는 것을 깨달았다. 레난도르의 말로는 인간 세계에 파견되었을 때 종종 꿈으로도 천상 세계의 신들과 대화를 나누는 경우가 생긴다고 들은 적이 있기 때문이다.

만약 꿈에서 천상 세계 신들과 만날 때는 조금 더 근접한 거리에서 대화를 나눌 수 있기 때문에 적지 않은 위로를 받을 수 있다.

'아. 지금 내가 꿈을 꾸고 있구나. 그런데 누가 날 찾지?'

두리번거리는데 바로 옆에 에로티시스가 있는 것이었다.

"안녕! 조르반! 아, 아니 경종! 여기선 경종이라 불러야겠지."
"네. 에로티시스님. 너무 반가워요. 저를 위로해주러 오신 거죠?"
"아니. 미안한데 널 위로해주러 온 게 아니라, 내가 너무 힘들어서 왔어."
"아니 그게 무슨 말씀이세요?"
"하. 정말 힘들다. 사람들은 대체 왜 나를 이상하게 이용할까? 저마다 마음 내키는 대로 만나고 즐기면서 에로스 사랑이라고 포장하잖아. 마치 내가 준 선물인 것처럼."

경종은 혁수가 소연에게 한 짓들을 이미 보고 온 이후이기 때문에 그 말이 충분히 공감이 갔다. 경종은 에로티시스를 위로했다.

"너무 힘들어하지 말아요. 그게 에로티시스님 잘못도 아니잖아요."
"경종. 그리고 보니 지금 나보다 더 힘든 건 너일 텐데. 내가 너무 내 하소연만 털어놓았나 보네. 미안."
"아, 아니에요."
"난 그럼 이만 가볼게. 세우스님이 부르는 것 같아서 말이지. 안녕. 이 담에 봐."

　에로티시스가 떠나고 경종도 눈을 떴다. 에로티시스가 혼자 푸념만 하다 간 줄 알았는데 정작 위로를 받은 건 경종이었다. 잠시나마 꿈으로 에로티시스를 만나 위안을 얻었다고나 할까. 혁수와 소연에게 받은 상처가 아주 잠시나마 아무는 듯했다.

〈with 시〉

후회

그대 내게 올 수 없나요
그때 그대 같은 사람 볼 수 없어요

지금 내게 올 수 있다면
나는 그대 위해 또다시 떠날 겁니다

그대 지금 어디 있나요
나는 그대 찾아 헤매건만

그대 지금 볼 수 있다면
나는 그대 위해 또다시 춤출 겁나다

그대 내게 가지 말라고
그대 내게 말 한마디 남겼더라면
영원히 영원히
같이할 내 사람

회상

봄날
소박한 꽃들과 함께
웃어 보였던 당신은

점박이가 짖던 날
풋고추와 상추쌈에
땀방울이 맺혔던 당신은

굵었던 손마디에
잊었던 향수

당신은!
아득한 바다 멀리
흐려진 얼굴

그리움 하나에

메아리로 돌아오는 울림처럼
볼 수 없는 당신

19화
모든 것을 장악했으나 자신은 지킬 수 없었던 한 사람

경종은 힘없이 집으로 돌아갔다. 가자마자 소연의 흔적을 다 지워버렸다. 함께한 시간이 그리 길지 않았지만 추억을 지우는 데는 꽤 많은 노력이 필요했다.

분명한 사실은 경종은 더 이상 그 어떤 여성과도 만나고 싶지 않겠다고 다짐했다는 것이다. 이제는 아무 생각 없이 시골에서 지내다 천상 세계로 돌아갈 계획이었다. 정작 이 세상에서 이룬 것이 암담하지만, 되도록 빨리 되돌아가는 게 경종의 남은 소원이었다.

'아, 다들 잘 지내실까. 빨리 가고 싶다.'

한편 몇 주가 지나고 혁수는 늘 그래왔듯 소연을 버렸다. 신비로운 미모에 빠졌다고는 하지만 몇 주가 지나자, 그 역시 식상해질 뿐이었다. 버리는 것은 그다지 어렵지 않았다. 돈을 원하는 만큼 쥐여주면 그 누구도 반발하지 않고 순순히 떠났다. 소연 또한 아무 말 없이 돈을 받고 떠났다.

혁수의 아내 또한 그사이 여러 남자들을 갈아치웠다. 돈이 있기 때문에 아무것도 문제 될 것이 없었다. 언제든 마음만 먹으면 만남의 대상을 바꿀 수 있다는 게 그들의 특권이었다.

하지만 돈으로 가정을 살 수는 없었다. 그 두 부부에게 집은 있지만 가정이라는 것은 없었다.

한편 혁수는 수많은 여성을 갈아치웠지만 늘 헛헛했다. 간만에 신비로운 미를 지닌 소연을 만나 즐거웠다지만 또 다른 신선함이 필요한 혁수였다.

혁수는 간만에 스크린으로 사람들의 삶을 들여다보았다. 문득 아들 수한이 어떻게 지내는지 살펴보고 싶었다.

'어디 아들 녀석 어떻게 지내는지 볼까?'

수한을 아껴서가 아니다. 아들이지만 기업을 이을 정도로 똑똑하지 않아 내친 것이나 다름 없지 않은가. 이미 수한에 대한 기대나 마음이 떠난 지 오래다. 그럼에도 아들이랍시고 그의 삶을 보려는 이유가 있다. 바로 아들이 어떤 여성을 만나는지가 궁금했던 것이다. 아들이 궁금한 게 아니라 아들의 여자가 궁금한 혁수는 더 이상 인간이기를 포기한 것이나 다름없었다.

역시나 수한도 혁수처럼 여성들을 계속 갈아치우고 있었다. 그 장면을 보는데 혁수는 갑자기 눈에 익은 여성이 등장한 것을 보았다.

'누구지? 어디서 봤던 것 같은데?'

알고 보니 수한의 고등학교 동창 슬기였다. 수한이네가 막대한 돈을 대주고 지속적으로 괴롭히고 성적으로 학대했던 그녀가 아니던가.

슬기는 그 이후로도 돈이 필요할 때면 수한을 찾아오곤 했다. 거의 창녀나 다름없는 삶을 살던 그녀는 여전히 수한의 성 노리개 역할을 틈틈이 하고 있었다. 그 광경을 지켜보던 혁수는 이런 생각을 했다.

'어디 한번 슬기를 만나볼까? 꽤 재미있겠는데?'

어차피 돈만 있으면 만날 수 있는 대상이 아니던가. 혁수는 바로 실행에 옮겼다. 슬기가 있는 곳을 바로 추적해서 데리고 온 후 또 만남을 즐겼다.

물론 오래가진 않았다. 3일 정도 되니 벌써 지겨워졌다. 이미 창녀와 같은 삶을 살던 슬기여서 그런지 매력이 꽤 오래가지 않았다. 이미 더 어린 여성도 만나본 그이기에 슬기가 아무리 어리다고 한들 그것이 큰 메리트가 되지는 않았다. 특별한 것이라곤 아들의 여자라는 사실 뿐.

3일 만에 슬기를 버렸지만 슬기는 그 사이 임신을 하고 말았다. 물론 혁수는 관심이 없다. 그만큼 돈을 쏟아부어 주면 되는 것이니까. 슬기 또한 많은 돈을 주자 군소리 없이 물러갔다. 사실 슬기는 이전에도 임신 경험이 있다. 심지어 수한의 아이도 임신한 적이 있다. 차이가 있다면 그때는 지금보다 젊었을 때라 낙태를 불법적으로 해서 지웠다는 것이다.

그러나 지금은 나이가 좀 더 들어서인지 그냥 혁수의 아이를 낳기로 했다. 어차피 아이를 잘 키울 생각은 없었다. 슬기는 알코올 중독이라 아이를 키울 자신도 없었고 낳자마자 어딘가에 맡길 생각이었다. 혁수가 준 돈으로 호의호식하고 그토록 좋아하는 술을 마시며 살 생각이었다.

몸 관리를 제대로 하지 않아서였을까, 아이는 8개월 만에 태어났다. 인큐베이터에 들어갔지만 슬기는 관심이 없었다. 그냥 자기 멋에 빠져 살 뿐이었다. 인큐베이터에서 나오는 날에는 아기를 받으러 온 게 전부였다.

그러나 나오는 그날 의사 선생님은 의미심장한 말을 했다.

"그동안 너무 찾아오지 않으셔서 이런 이야기를 계속 못 전하고 있었네요. 아무래도 아이는 정상적으로 살기는 어려울 것입니다. 지적 장애가 있을 수도 있어요."

"그래서요?"

의사는 슬기의 예상치 못한 태도에 당혹스러웠다. 그도 그럴 수밖에 없는 게 아픈 아이를 찾아오지도 않던 엄마가 아니었던가. 의사는 자포자기한 채로 아기를 데려가라고 말했다. 슬기도 그냥 덤덤하게 아기를 데리고 나왔다.

'대충 키우다가 어디 보육원에나 맡겨야겠다.'

엄마로서 어찌 그런 생각을 하느냐고 사람들이 나무라겠지만 사실 슬기 입장에서 이런 행동은 당연한 것이기도 했다. 그녀 역시 아버지로부터 일찍이 버림을 받았기 때문이다.

한편 의사의 말대로 아이는 장애가 있었다. 정확히 자폐 증상을 앓고 있었다. 물론 슬기는 아이의 상태를 잘 몰랐다. 관심이 없으니 알 턱이 없었던 것이다.

당연히 치료를 할 생각도 없었고 사랑으로 품어줄 마음도 없었다. 슬기에게 있어 그 아이는 술보다 못한 존재였는지도 모른다.

슬기는 그날도 별 다를 바 없이 아이에게 우유병 하나만 물려준 채 어디론가 향했다. 도박장이었다. 수한이나 혁수로부터 많은 돈을 받았지만 경제적인 능력이 없었던 만큼 슬기는 도박으로 그 돈을 불리려고 했다.

그러나 그날 슬기는 큰돈을 잃었다. 슬기는 당장 달려와 아이에게 화풀이를 하기 시작했다. 자신의 아이이지만 그 순간은 그저 주먹을 휘둘러도 되는 그런 대상에 불과했다.

슬기 또한 아버지로부터 폭력을 당하곤 했기에 그렇게 하는 것이 당연하게 느껴질 뿐이었다.

그러나 폭력을 행사한 후로도 분은 풀리지 않았다. 뭔가 혁수로부터 돈을 더 뜯어내야겠다는 생각뿐이었다.

슬기는 아이를 들쳐업고 회사로 왔다. 마냥 그곳에서 기다렸다. 비밀 장소에 더 이상 들어갈 수 없는 만큼 혁수가 들어가는 통로 앞에서 기다리는 방법밖에는 없었다.

역시나 그곳에 혁수가 왔다. 슬기를 보며 코웃음 치는 혁수. 그리고 그런 혁수를 보며 달려드는 슬기.

슬기는 업고 있던 아이를 잠시 바닥에 내려놓은 후 곧바로 혁수의 멱살을 잡았다. 가냘픈 그녀였지만 아이를 때릴 정도로 힘이 있었던 그는 쉽게 혁수를 제압할 수 있었다. 그러나 아무리 힘으로 제압한다고 한들 쉽게 당할 혁수가 아니었다.

"이거 놓지 못해?"

역시나 뿌리치자마자 슬기는 내동댕이쳐졌다. 순간 슬기는 혁수의 양복을 잡아끌었고 그 안에 있던 혁수의 전용 폰이 떨어졌다. 그 누구도 혁수의 양복을 끄집어당긴 사람은 없었던 터라, 그는 늘 세상을 제어할 장치를 담고 있는 자신만의 비밀 폰을 양복 안주머니에 넣어놓고 다녔다.

그런데 예상치도 못한 슬기가 자신의 옷을 잡아당겨 버린 것이다. 그리고 그 폰은 혁수가 아닌 다른 존재에게 공개되어 버렸다.

사실 겉보기엔 그냥 폰일 뿐이다. 슬기 또한 폰 따위에는 관심이 없었다. 슬기는 얼른 멱살을 잡고 흔들어대었다.

"야. 돈 더 내놔. 애 키우려는 데 돈이 모자란다고! 안 내놔? 빨리 내놔!"

슬기는 혁수로부터 돈을 챙겨서 빨리 도박장에 갈 생각뿐이었다. 평소 같으면 돈을 던져주고도 남을 혁수지만 그날따라 기분이 상했다. 자신에게 이렇게 대드는 사람은 그녀가 처음이었기 때문이다.

"아. 뭐야. 이년이! 망할 년. 내가 얼마나 그동안 돈을 퍼부어줬는데 이제 와서 딴소리야?"

너무 화가 난 나머지 혁수는 폰이 떨어졌다는 사실도 잊은 채 슬기를 괴롭혔다.

"찰싹."

혁수가 슬기의 뺨을 갈기자 슬기는 보란 듯이 혁수의 뺨을 갈겼다.
'찰싹'거리는 소리가 이어졌고 두 사람은 이성의 끈을 놓은 채 서로를 공격했다.

그리고 그 시각, 혁수와 슬기가 낳은 아이는 폰을 신기하게 들여다보았다. 조작 능력이 없지만 이리저리 만질 수는 있었다.

그게 화근이었다. 절대 만져서는 안 될 붉은 색 버튼을 아이가 눌러버렸다. 사실 그 버튼은 아무나 누를 수 없다. 애초에 아무도 건들지 못하도록 작게 만들어졌기 때문이다. 버튼이 작아 어른은 물론 청소년도 누를 수가 없다.

그러나 아이는 가능했다. 특히나 슬기가 낳은 아이처럼 아직 돌이 막 지난 아이는 충분했다. 작디작은 손으로 쏙 넣으니 버튼이 작동되었다. 혁수는 아기가 그 폰을 만진다는 것에 대해서는 전혀 생각지 못했던 것이다. 세상을 장악할 정도로 놀라운 기술을 발휘했던 그가 정작 그 부분은 놓쳤다는 게 아이러니할 수밖에 없었다.

'삐비삐비빅.'

소리가 나자 혁수가 그제야 정신을 차렸다. 이성을 놓고 싸우느라 잊어버렸던 폰의 행방을 그제야 알게 된 것이다.

'야. 내놔. 이 자식아.'

혁수는 당장 아기를 발로 걷어찼다. 자신의 아기란 것을 알면서도 개의치 않았다. 폰이 더 중요했다.

하지만 이미 버튼은 눌린 상태였고 세상을 장악하기 위한 혁수의 제어 프로그램에 비상이 걸렸다.

10초. 이제 남은 시간은 10초이다. 10초 후면 혁수가 만들어 놓은 통제 프로그램이 에러가 난다. 그리고 이 세상의 모든 시스템은 일시적으로 마비가 된다.

물론 조금 있으면 다시 풀리고 다시 작동되지만 그 10초 사이에 마비되어 있는 동안 어떤 일이 일어날지 모른다.

혁수는 10초 동안 뭘 해야 할지 몰랐다. 알던 폰부터 주우려고 했다. 그러나 그 10초 사이 아이는 폰을 저 멀리 던졌고 혁수는 폰을 향해 달려갔다. 도로 한가운데 혁수가 다다른 것이다.

순간 평소 같으면 혁수를 보고 멈췄을 자동차도 멈추지 못했다. 운전사마저도 지배하는 통제 시스템이 10초간 마비되자, 움직이던 차는 계속 움직이는 상황에 놓인 것이다. 그렇게 운전사의 의도와 별개로 차는 멈추지 못한 채 돌진했고 혁수는 그 차에 부딪혀 즉사했다.

10초 동안의 상황이 이 세상을 아비규환으로 만들어놓았다. 10초 후 다시 복귀되었고 인공지능 시스템으로 혁수 없이도 여전히 세상은 그 폰에 장악되어 돌아가고 있었지만 정작 혁수는 더 이상 그 폰의 주인이 될 수 없었다.

직전까지 세상을 장악하던 혁수는 이미 이 세상에 존재하지 않는 사람이 된 것이다.

모든 것을 가진 혁수였지만 그는 정작 자신의 생명은 마음대로 가질 수 없었다. 그리고 혁수가 생명을 잃는 순간, 그동안 그가 누리고 장악했던 모든 것을 잃고 말았다.

한편 그 폰은 아무런 주인도 찾지 못한 채 떠돌아다녔다. 누군가의 손에 들어가도 비밀 코드를 영원히 찾을 수 없기에 다시 버려질 수밖에 없었다.

그렇게 세상을 장악할 수 있도록 만들어진 혁수의 폰은 주인도 없이 이리저리 떠돌아다녔고 결국 사람이 아닌 인공지능이 그 폰의 주인이 되어

버렸다.

그 인공지능은 자체적으로 계속해서 네트워크로 연결된 인간의 정보들을 자체적으로 수집해 갔고 그 지능 또한 계속 진화해 나갔다. 사실상 사람이 그 폰을 가지지 않아도 문제없게 기능하게 된 것이다.

〈with 시〉

인생의 그림자에게 보내는 SOS

들리나 오보
들리나 오보

사람의 그림자를 지키던 통신병이 죽어가고 있다

도시가 쓰러지는 겨울밤에
인생의 다리를 지키던 그 통신병 한 명이

급하게 삶 저편 황청강 너머 있는 그곳에서
아군 본부에 모르스 부호처럼 키보드
연신 SOS 부호를 보낸다

ct+A/ct+c/ct+v 컴퓨터 언어로 SOS
전체 문장 지정/전체 문장 복사/전체 문장 붙이기 살려주시오

본부에서 지시가 뚜뚜뚜 온다
그림자 내게 말합니다 안아 줄 테니 앉아 보라고
뒤에서 받칠 테니 또다시 뛰어보라고

들린다 오보

날이 저물었으니 쉬어 보자고
영원히 같이할 테니 좋은 꿈 꾸자고
알겠다 오브 그림자여
이 메시지를 인생의 부대의 그대에게 보낸다 오보

눈물의 향기

누군가 지나온 길을 살포시 돌아본다면
울며 눈물을 흘릴 수 있는 일들이
많아 행복하다고들 한다
참으로 행복하다고

나에겐 있을지도 모르는 나의 님에게
항상 감사한 생각을 하는 건
눈물의 향기를 맡을 수 있게 해 주어서이다

내가 나와 비슷하거나 닮았거나
좋아하는 것들과 내가
싫어하거나 미워하거나 증오하는
그 모든 것들은 나의 분신이기에

그들과 함께하는 진정성이
별처럼 달처럼 아니 알 수 없는
깊은 땅속의 헌신으로
태양의 빛을 받을 때 새들은 지저귀고
우리들은 속삭이며 어우러짐이
나를 만들어 놓은 몸집과 내 속의
여러 장기 세포 단백질 세균 등과 함께

공존하는
나의 안과 밖이 하나인 것을
펼쳐 보이는 생각의 말씀으로
그 사랑을 따르리라

꽃이 있는 뜨락에서 태양을 볼 때
서서히 꽃잎이 되고 나무가 되며

돌이 되고 맑은 샘물이 될 때
새가 날아와 내가 되어가니
나는 산소가 되고 향기가 되어
먼지로 돌아가 자연의 분신으로
고향을 찾아 떠난다
지금까지의 여정에서 잊었던
길 떠나니 새로운 출발은 곧
또다시 돌아온다는 자유의 길

이 길 잃은 자연의 고아들과 함께
아버지 태양의 사랑과
따스한 정성의 어머니
품에서 새싹으로 되어

또다시 온다는 약속의 시간은
오고 있는 것인가
가고 있는 것인가

다만 살아 있고 이리저리
흔들어 대기에
다시 여기저기
흩어져 씨앗으로 뿌려지는
손길 따라
또다시 출발을 한다

20화
새로운 시작을 향하여

혁수의 영혼은 한동안 혁수의 육체 근처를 떠나지 못했다. 이미 혁수는 죽은 사람이 되었지만 혁수의 영혼은 떠나지 못해 전전긍긍했다.

그때 누군가가 혁수의 영혼을 낚아챘다. 그리고 어딘가로 향했다.

'아. 이 자식. 누구야?'

경종이었다. 아니, 이제는 조르반으로 다시 천상 세계에 올라가는 경종이었다.

시골에서 남은 시간을 보내던 경종은 혁수가 죽는 그 순간 천상 세계로 다시 올라오라는 지시를 받았다. 그리고는 악의 축이었던 혁수를 같이 데려오라는 명을 받았다. 경종은 혁수를 낚아채면서 말했다.

"어때? 돈으로도 해결 안 되는 게 있지? 생명은 돈이 있어도 살 수가 없어."

사실 천상 세계로 올라가는 경종은 기분이 썩 좋지 않았다. 인간 세계에서 한 일이 아무것도 없다고 생각했기 때문이다. 이 와중에 그토록 싫어하던 혁수의 영혼을 데리고 올라가니 더 기가 찰 수밖에 없었다.
　순간 경종은 마지막으로 해야 할 일이 있다는 것을 깨달았다. 잠시 천상 세계에 요청을 했다.

'세우스님. 딱 5초만 기다려주세요.'

올라가는 순간 경종은 마지막으로 세우스가 준 최후의 능력을 사용하기로 했다. 그가 한 일은 바로 성진의 뇌 기능을 되돌려놓은 것이다. 5초에 불과했지만 경종은 세우스로부터 받은 능력을 초집중시켜 프로그램의 디버깅 단자를 찾아내었고 교체된 부분의 신호를 리셋하여 본래의 위치로 바꾸어 놓았다.
　그리고는 다시 올라갔다. 물론 혁수도 옆에 있었다. 혁수는 성진과 민수의 뇌 상태를 원위치해 놓은 것을 보면서도 아무것도 할 수 없었다. 돈으로는 무엇이든 할 수 있었던 그가 지금 할 수 있었던 것은 그냥 쳐다보는 것뿐이었다.
　경종은 혁수의 영혼과 함께 천상 세계에 도착했다. 저마다 경종, 아니, 조르반을 반겨주며 환영했다.

"조르반!"
"조르반! 경종! 잘 왔어."
"수고했어. 조르반."

저마다 와서 포옹을 해 주며 기뻐했지만 정작 조르반은 찝찝할 뿐이다.
뭔가 제대로 미션을 수행하지 못했다는 자책감 때문이었다. 일단 혁수의
영혼을 데리고 세우스에게로 갔다.
세우스는 조르반을 보자마자 다른 신들이 그랬던 것처럼 안아주며 말
했다.

"조르반. 정말 수고 많았어. 이제 경종으로서의 삶은 끝이야."
"그런데 세우스님, 혁수 이 사람은 왜 같이 오라고 한 거죠?"
"아차! 김혁수. 자네는 하데스 별로 가야지. 알레듀스! 빨리 얘 좀 처리해
봐."

저 멀리서 알레듀스가 알겠다며 달려왔다. 그리고는 혁수를 데리고 하
데스 별로 갔다. 조르반은 이게 무슨 상황인가 싶었다.

"하데스 별이라니요? 그게 뭔가요?"
"아. 천상 세계에서도 비밀에 부쳐진 일들인데, 자네는 지구에 다녀왔으
니 이제 알려주지. 정말 인류에 해악을 끼친 사람들이 가는 곳이랄까? 혹
시 히틀러 알지? 그 사람 같은 놈들이 가는 곳이라고 보면 돼. 혁수 이 사
람도 인간 세계에서 더 있게 하려다 데려왔지."
"아, 그렇군요."
"그런데 말이야. 거기 있는 사람들을 다 버리진 않아. 내가 누구냐. 천상

에 있는 신들 중의 신, 세우스 아니냐. 나는 하데스 별로 신을 또 보내서 개과천선할 사람들을 걸러내지. 기회를 한 번 더 준다고나 할까? 이거 비밀인데, 이번에는 고리우스를 보낼까 해. 공자로 살다가 올라온 고리우스 말이야. 혁수같이 가정을 파괴하는 그런 놈들은 고리우스한테 제대로 배워야 해. 뭐 바뀐다고 장담은 못 하겠지만."

그런 말을 하며 세우스는 그 별로 향하는 혁수를 계속 쳐다봤다.

"에휴. 모든 인간을 자기 마음대로 컨트롤할 수 있다고 믿은 혁수를 봐. 신의 영역을 탐하였지만 결국 그에게 찾아온 것 죽음뿐이잖아. 돈이 그토록 많으면 뭘 해. 인간의 한계를 뛰어넘지 못하는 건 다른 사람과 매한가지인 걸."

조르반은 고개를 끄덕였다. 숙연해지는 기분은 덤이었다. 세우스는 뒤이어 말했다.

"그런데 그러다가 다시 지구별로 가기도 해. 그렇게 돌아가고 또 돌아가고 하는 거지."

조르반도 복잡한 심경으로 하데스 별로 향하는 혁수를 쳐다보았다. 뭔가 감회가 남달랐다. 그동안 그에게 당한 것들만 생각하면 박수라도 쳐야 마땅하지만 씁쓸한 감정을 어찌할 수 없었다.
한편 오랜만에 세우스와 대화를 나눈 조르반은 이제 경종으로서의 삶을 끝냈다는 사실에 안도했다. 하지만 그 마음도 오래가지 못했다. 이내 자책이 몰려왔다. 지구에서 아무것도 하지 못했다는 생각에 다시 괴로움이 밀려온 것이다.

"아, 대체 난 가서 뭘 한 걸까. 다른 신들은 그토록 훌륭한 일을 많이 하고 오셨는데."

조르반은 그 자리에서 주저앉아 머리를 싸맸다. 그때 누군가가 조르반을 툭툭 쳤다.

"앗. 누구세요."

고개를 들어보니 세우스였다. 세우스는 대화가 끝난 후에도 계속 조르반을 쳐다보고 있었다.

"세우스님. 너무 힘들어요. 전 정말 아무것도 한 게 없어요. 혁수의 꾀임에 빠져 범죄만 저지르고 온 것 같아요."
"조르반. 그게 무슨 소리야. 넌 아주 중요한 일을 했어."
"네? 전 정말 한 게 없는데요?"
"네가 경종으로서 살아가던 마지막 순간에 뭘 했지?"
"그, 글쎄요. 그냥 혁수를 데리고 온 것밖에 없는데요."
"아니야. 넌 오는 그 짧은 시간 동안 특별한 일을 했어. 잘 생각해 봐."
"아, 혹시 성진…"
"그래. 맞아."
"그런데 그게 별일도 아니잖아요."
"과연 그럴까? 너 선택이 어떤 결과를 가져왔는지 한번 보자. 따라와 봐."

세우스는 조르반을 데리고 인간 세계를 들여다보게 해 주었다.

"저기 봐. 성진이 보여?"
"어, 어디요? 꼬마 성진이가 안 보이는데요?"
"하하하. 그새 성진이가 자라서 못 알아 보나 보군. 저길 봐봐. 서른 살이 된 성진이 안 보여?"
"어? 정말 성진이가 서른 살이에요?"
"그래. 여기서는 지구의 미래를 미리 볼 수 있잖아. 그런데 봐봐. 성진이가 지금 뭘 하고 있는지."

성진은 정치 지도자가 되어 있었다. 경종이 올라오는 도중 성진의 뇌 기능을 회복시켜 놓았고 성진은 이전의 능력을 모두 되찾았다. 그리고 경종이 자신을 위해 그동안 노력했던 것들, 먼 나라까지 선물을 들고 온 일들을 되새기며 선한 영향력을 끼치는 사람이 되고자 결심했다.
그렇게 성진은 똑똑한 머리에 올바른 가치관과 사고로 세상을 바로잡을 지도자가 될 수 있게 되었다.
경종의 그 선택은 매우 중요한 기여를 했다. 무엇보다 그 시점은 바로 4차 산업 혁명이 정점에 이르고 4차 세계 대전이 시작을 알리는 때였다. 바로 그때 성진이 젊은 지도자로서 바른 판단으로 리더십을 발휘할 수 있었고 혼란의 시대 속에서 조금씩 윤리 의식이 바로 잡혀갈 수 있었다. 물론 아직 미완의 단계이지만 적어도 한 지도자의 영향력은 상당했다.
세우스는 조르반에게 그 모든 광경을 보여주며 다독였다.

"조르반. 자네는 충분했어. 성진이라는 가난하고 나약한 아이를 진심으로 대한 것부터가 임무를 달성하는 과정이었던 거지. 그리고 그 마음을 담아 마지막 순간에 현명한 판단을 한 것, 그것 자체가 아주 특별한 것이 었어. 한 명을 바로 세우는 것이 인류 역사를 바꿀 수 있다는 걸 잊지 말 게."

실제로 성진이 지도자가 되었을 때 대한민국은 4차대전의 결과로 제국의 패권을 잡아나가는 과정에 있었다. 단 제국의 패권을 잡아나가는 것은 과거에 로마, 몽골, 일본, 페르시아 등이 무력으로 패권을 잡는 차원이 아니었다. 전쟁과 무력의 힘이 아닌 우리 고유의 문화 즉 선비 사상과 미풍양속, 이웃 간의 정이 세계로 퍼져 나가는 것이 곧 패권을 잡는 것이었다. 실제로 무력이 강한 나라들조차도 대한민국의 그 선한 영향력에 매료되어 바뀌기 시작했다. 그것이 얼마나 큰 파급력을 가졌는데 무력이 국제사회에서 더이상은 가치를 드러내지 못했다. 곧 4차대전은 새로운 문예부흥을 향한 시발점이 되었던 것이다.

세우스는 조르반에게 말했다.

"자네 덕분에 성진은 사회를 이끄는 지도자가 되었어. 그리고 이대로라면 얼마 후 대통령이 될 거야. 이제 성진을 중심으로 대한민국은 문화의 꽃을 피우게 될 것이고 신들의 어여삐 여김을 받아 한동안 우월한 민족으로 존재하게 될 거야."

그제야 조르반은 미소를 지을 수 있었다. 천상 세계 복귀 후 처음 짓는 미소였다. 이제 그가 할 일은 성진을 응원하는 것이었다.

'아. 단 한 사람을 바로 세우는 게 이렇게 중요하구나. 그 한 사람이 또

다른 바른 지도자를 낳고, 그가 또 선한 영향력으로 또 다른 훌륭한 지도자를 낳고….'

별에 있는 신과 사람은 계속 순환을 하고 있었다. 천상의 신이 인간 세계에 가고 인간이 다시 하데스 별에 가고 하데스 별에서 또다시 인간 세계로 가고….

그 비밀을 알게 된 조르반은 저 멀리 떠나는 공자, 곧 고리우스에게 응원의 미소를 지어주었다. 고리우스 또한 조르반에게 손을 흔들며 다시금 격려의 인사를 전한다.

한편,

조르반의 뇌리에는 인간 세계의 관계와 공존의 질서를 다시금 정리하며 눈을 껌뻑거리기 시작한다.

어떤 이는 공간과 시간을 존재의 이론으로 또는 관찰자가 개입되어야 시간의 개념이 된다며 우리들 존재의 근본을 입자적 물리 이론으로 게다가 관계의 연속으로 이루어진 우리 모두는 사회적으로 공존해야 한다는 인간 정신의 메시지를 학문적 이론으로 해석하며 우리 모두의 선한 영향력을 외치기도 한다.

하지만 그의 생각은 인간과 우주계에서는 안과 밖이 같으며 에너지 보존의 법칙이 이미 있다고들 하는, 엔트로피와 엔탈피와 같은 양자역학 이론을 주장하는 학자들의 노고를 경이롭도록 칭송하지만 인간 정신의 영향력을 물질적 이론으로 이야기하며 노력하는 그들께 쉽게 생각하라며 힘들 북돋우고 격려를 한다.

인간의 영혼은 입자인가 파동인가 에너지인가? 시간은? 빛은? 전자기력의 보이지 않는 힘?

원자의 조합으로 각기 다르게 이루어진 개별 인간은 각자가 다른 영혼의 힘을 가지고 있지만 그에 그치지 않고 서로의 관계 속에서 주고받고 오고 가며 보존의 질서에 따라 돌고 있는 근원을 우리는 놀랍게도 무궁한 사랑의 힘임을 잊은 채 무궁한님의 존재를 착상 속에 묻어두고 본능적 욕망에 헤맨다.

인간은 상상하고 배우며 이타적 감성으로 주고받는 이 힘은 또한 공유되며 분배되는 에너지 보존의 법칙과도 같이 그 안과 그 밖으로 모이고 흩어지며 천상신의 정신과 함께 공감하고 공유하는 무궁한 가치는 아주 가까운 우리들 곁의 선한 영향력으로 전체를 이루고 있음을 깨닫게 해주는 사랑으로 무궁하다.

우리 모두가 지닌 개인의 고유한 정서적 영혼은 개인이 가지고 있는 만큼에서 실천하는 힘으로 분배되며 또한 모인다.

사랑하며 존경하며 배려하고 겸손하고 너와 나인 우리가 영원할 수 있는 존재의 법칙은 현실의 기반이 곧 영원한 것이고 지금 이 순간 작은 실천이 그 힘을 벡터적으로 합성하는 영혼의 순리인 것이 또한 인내하고 있음을 무궁하게 가진다.

그래서 좋은 생각, 좋은 말, 작은 행동과 실천으로 모두에게 존재하는 그 무궁한님의 에너지를 바탕으로 인류와 함께하는 "사랑으로 4차대전" 즉 "4차원의 세상 그 무궁한님."

각자가 추구하고 성숙해 가는 과정 속에 성공과 행복을 가늠하고 자취를 남기며 돌고 도는 지침으로 삼아 영혼의 지향점을 무한대의 높이에 두고 생의 이정표를 세우자!

문학과 예술, 철학의 무한한 문예 부흥으로 4차대전이 흐를 것으로 그 중심에 대한민국이 있고 우리의 고유한 사상으로 빛나는 시대의 흐름을 맞이하는 꿈을 꾼다. 그러기에 그는 이같이 무궁한 Re-르네상스의 패권

제국을 일구어갈 수 있는 영감을 공유할 길을 열어주고 다시 만나자고
손을 흔들며 천 년의 그 미소를 짓는다.

장미의 노래

장미의 꽃잎은 향기로워라
가시로 꽃잎을 찌른다 해도

장미의 향기는 아름다워라
가시로 향기를 멍들게 해도

장미의 색깔은 고귀하여라
가시로 색깔을 긁는다 해도

상처로 아물고 굳어진 줄기는
새싹을 돋우는 빨간색 꽃잎을

또다시
피어나게 하리니!

Infinity

내 가는 길가에 아리랑 꽃대 하나 피었다
흙을 돋아 손 망치로 두드려 지키려 하니
문득 누가 만들었길래 고갯길에 피었을까

방울 소리 들어 앞을 보니 냇물의 흐름이 여기까지네
시작도 끝도 모르는 물속 여울의 거품은 생각처럼 섞여
굽이치고 뻗는다

어디가 땅인가
어디가 하늘인가

여기와 저기는 무엇이 다른가

헬 수 없는 먼지 같은 시간 속에
연기는 어디로 가는가

덕선미정은 어디에서 모였고
어디에서 흩어지고 또 만나나

물어본들 차라리 지나치리

세월도 시작이 있었는가
끝이 있는가
그대로인가

자율의 법칙을 알되
해법도 없는가

인피니티!

Infinity Ranky

하나에서 시작해 하나에서 끝나는 생각

오늘도 그 끝의 시간을

Infinity for!

기념일의 노래

서른 즈음에 시작했는데
가스 연기 마시며 격하게 뛰었던 심장은
격동의 시간을 거치며
그리고 째깍거리며

고요한 일상의 박동으로 마주하고 있네
서투름을 뒤로하고 조심스레 길을 걷는 나와
동행하는 너 있기에
여정이 고단하지 않는다

빨간 꽃잎 버리고 파란 열매 맺었으되
결실을 거두었고
또한 뿌리내려 꽃잎 나려니
앞마당 두 그루 나무 풍성하길 바랄까

나,
오늘 노래하려 하네
기념일의 노래로
나 그대에게 모두 드리리!
30주년 기념일

무정

세상이 밝음은 태양이 있음이고
달빛이 밝음은 아픔이 있음이다

장미의 빨강은 기쁨이 있음이고
가시의 아픔은 슬픔이 있음이다

너와 나 상처를 보듬어 같이하니
장미도 가시도 함께할 친구라네

헝클진 삶에서 주거나 받더라도
해와 달이 뜨고 짐을
우리 함께 즐기세!

시와 소설에 철학을 담아

신 위의 신이 존재하는 곳

이 소설에는 신비로 가득 찬 천상 세계가 등장합니다. 그리고 그 소설에는 다양한 신들이 등장합니다. 사실 세상을 구하기 위해 노력하는 많은 허구의 신들이 소개되기는 했지만 사실 세상은 물론 신들과 사람들, 전체를 아우르는 또 다른 대상이 존재합니다. 우리가 일반적으로 생각하는 하나님, 곧 하느님이 바로 그 대상이 될 것입니다. 절대의 님!

하지만 그 하느님은 하나의 존재로서 존재하지 않습니다. 그 하느님의 존재 방식조차 인간이 측량할 수 없다는 것입니다. 우리가 알 수 없는 존재의 법칙으로 작용하고 우주를 통제하는 분이 바로 하느님입니다.

또한 그 하느님은 저 멀리 있는 것이 아니라 어쩌면 인간의 삶 속에 내재해 계신지도 모릅니다. 숨은 질서의 법칙으로 인간 각자가 성숙해가는 과정 속으로 분배되어 존재하고 계신다는 사실입니다. 그리고 그런 원리에 의해 각자의 삶은 각기 다른 방식으로 행복을 향해 도달해 나갑니다.

이제 절대자에 대한 인식을 바꾸어봅시다. 신 위의 신이 우리의 삶 가까이에 있다는 사실을 기억합시다. 그리고 그 절대자가 우리의 행복을 위해 우리의 상상을 초월한 방식으로 인류를 돕고 있다는 사실을 상기합시다.

세상의 질서를 만드는 존재

사실 소설을 읽으면서도 느끼셨겠지만 이 세상은 사람의 마음대로 움직일 수가 없습니다. 어떠한 지략을 행사한다고 해도 결국 한계를 지닌 인간이 하는 일인 만큼 한계를 불러올 수밖에 없는 것입니다.

소설에 등장한 혁수 또한 막강한 권력과 돈으로 이 세상의 모든 정보를 장악하려고 했지만 정작 자신의 생명은 지킬 수 없었던 것처럼 말입니다.

결국 이 세상의 질서는 이 세상을 살아가는 미약한 인간의 힘만으로는 형성될 수가 없습니다. 빅뱅이 일어나는 시점 그 이전부터 이 우주는 인간이라는 존재가 알 수 없는 질서대로 움직여왔기 때문입니다.

대신 우리는 그 질서를 알기 위해 많은 노력을 해 왔습니다. 질서를 세울 수는 없지만 질서를 파악할 필요를 느꼈던 까닭입니다. 그렇게 그 질서를 하나하나 찾아가면서 살아가고 있는 것이 우리의 살아가는 삶의 단편이라고도 할 수 있을 것 같습니다.

그러나 그조차도 쉽지만은 않았습니다. 어떻게든 과학자들조차 그 질서를 이론화하는 데에 한계를 겪어야 했습니다. 그 어떤 심도있는 학문적 노력으로도 이 과제를 능히 해결할 수가 없었던 것입니다.

그렇다면 어떻게 해야 그 질서를 파악할 수 있을까요? 우리 삶에 깊숙이 내재된 초월적인 존재가 부여한 질서를 체감할 수 있을까요?

답은 우리 가까이에 있다

놀랍게도 그 해답은 우리의 삶 가까이에서 찾을 수 있습니다. 사람과의 만남 속에서, 사람과의 대화 속에서 그 질서를 찾을 수 있다는 것입니다.

이는 신비로운 일이 아닐 수 없습니다. 과학을 비롯, 온갖 이론으로도 풀어낼 수 없었던 그 비밀이 우리 가까이에 있었다니 말입니다.

마치 파랑새 동화를 떠올리게 하는 것 같습니다. 행복은 바로 내 옆에 있다는 소설 속 메시지가 연상되는 듯합니다.

그럼 그 대화 속에서 어떻게 절대적 존재인 하느님의 원칙과 질서를 파악할 수 있을까요? 그 또한 매우 간단합니다.

사람들이 하는 말들 중, 좋은 말, 살리는 말이 곧 하느님의 메시지이자 세상을 바르게 움직이는 원리가 됩니다. 반대로 누군가를 해치고 죽이는 말은 반대 개념의 말이 되겠죠.

따라서 사람들과의 관계 속에서 좋은 말, 합당한 말을 듣고 그것을 내 안에 담아두어야 합니다. 그리고 그것을 자기화시키는 노력이 필요합니다. 그 말에 담긴 메시지가 곧 하느님의 메시지이자, 세상을 바르게 돌아가게 하려는 놀라운 힘의 근원이 되기 때문입니다.

특히 앞서 잠시 언급한 대로 절대자는 어쩌면 우리 인간들 안에 내재되어 있는지도 모릅니다. 곧 좋은 영혼에게서 나온 그 좋은 말들이 절대자가 사람을 빌려 전하는 것이라고 보아도 무방합니다.

그런 원리를 기억하며 사람과의 관계를 이어 나간다면 분명 우리 삶은 긍정적인 방향으로 변화될 수밖에 없을 것입니다. 대신 좋지 않은 말은 되도록 피하고 마음에 두지 않는 것 또한 지혜로운 선택이 될 수 있을 것입니다.

가까운 이웃이나 친구의 부모 형제가 병들었을 때, 또는 죽었을 때 그들과 함께 슬퍼하고 아파하는 마음은 내 부모님이나 나의 형제자매를 대신해서 아프고 죽었구나 하는 마음가짐의 맑은 영혼은 우리가 관계하고 있는 모든 자연과 각자의 신성한 에너지가 되어 서로서로 우주의 무궁한 힘으로 존재하고 공존하는 실천의 영원한 영혼으로 빛날 것입니다.

영혼의 지향점을 무한대의 높이에 두고

무엇보다 바른말, 들어야 할 말, 좋은 말의 산실은 문학과 예술, 그리고 철학에 가득 담겨 있습니다. 문학, 예술, 철학과의 대화 또한 인간과의 대화라고 했을 때, 우리는 그 안에서 보다 진귀하고도 값진 말들을 듣고 담아낼 수가 있는 것입니다.

만약 우리가 그 분야 안에서 깊이 있게 대화하고 좋은 메시지들을 절대자의 음성으로 여길 줄 안다면 우리의 공동체에 부흥기가 찾아오지 않을까 생각해 봅니다. 소설에도 등장한 문예 부흥을 통한 4차대전이 현실화될 수도 있다는 것입니다.

바로 우리나라가 그 무한한 가치를 지닌 문예 부흥의 주역이 되기를 기대해 봅니다. 대한민국이 그 중심에 있길 소망해 봅니다. 그 가능성을 믿고 우리 영혼의 지향점을 무한대의 높이에 두어봅시다.

이런 이야기들은 허황된 것이 아닙니다. 의미 없고 헛된 말, 사람을 죽이는 말에 연연해하지 않고 소중하고 귀한 말들로 소통한다면, 그것을 출발점으로 세상은 분명히 변하기 시작할 것입니다.
또한 거기에 노력하는 가치와 사랑이 더해진다면 말이죠.

남자의 책무는 여자를 웃게 하고 행복하게 하는 것입니다.
그리하면 자녀들은 그 여자 즉 엄마의 미소를 보고 밝고 온유한 마음 가짐으로 올바르게 성장하며 그 또한 남자와 여자로서 이 세상의 주인공으로 삶을 일구어 나가겠지요.

여자를 슬프게 하고 막대하며 사랑을 주지 않는다면 자식들 또한 세상의 망나니가 되어 모든 인류를 멍들게 하는 비참한 결과를 가져올 수 있는 것입니다.

밝고 건전하며 행복한 이 세상을 위하여 여자에게는 사랑을 주고 남자들은 존경을 받을 수 있는 아름다운 꿈을 꾸어 봅니다.

경종은 세상을 변화시키는 특명을 받고 천상 세계에서 내려왔습니다. 사실 경종은 여러분의 또 다른 자아이자 형상일지도 모릅니다. 여러분 한 사람 한 사람이 이 세상을 변화시키는 작은 리더이기 때문입니다.

모든 사람에게는 이 세상에 존재하게 된 존재 이유가 있습니다. 곧 사명이 있습니다. 그것은 그렇게 대단하고 거대한 일이 아닙니다. 경종이 세상을 구하기 위해 한 일을 보면 잘 알 수 있을 것입니다.

여기서 공자, 즉 고리우스는 인간의 내면으로부터 노자는 무위자연이라는 외부로부터 이 세상이 존재하고 있다는 사실의 질서를 설명했다지요. 테스형도 마찬가지로 나는 아는 것이 없다 내가 아는 것은 오직 내가 모른다는 것을 알고 있을 뿐이다. 이것은 마찬가지로 현실에 현상은 존재하지만 알 수는 없다 또한 볼 수가 없다 라고 하는 것이지요. 게다가 수리안과 장자로 이어지는 기氣의 에너지를 더해서 우리는 아마 각기 개인의 발전과 변화를 이룩해 나아가는 3차원의 입체적 현실을 살아가고 있음을 압니다.

여기서 무궁한님의 에너지의 흐름과 이동을 보존의 질서로 됨을 알 수 있다고 하는 인간 정신의 영혼이 공감된다면 우리는 지금까지 몰랐던 것을 알 수 있으며 볼 수 없는 것을 볼 수 있는 것입니다.

앞에서는 평면에서 입체가 되는 3차원의 형이 현상이지만 그 위에는 한 차원이 더해지는 것으로 사실상 4차원의 세계에서 우리는 공존하고 관계하며 영속하고 있음을 깨닫게 되는 것입니다.

이 소설을 덮고 난 후 한 번 생각하는 시간을 가졌으면 좋겠습니다. 내가 세상에 존재하는 이유를 말입니다.

살아가면서, 소소한 삶 속에서 그 이유를 찾아간다면 당신의 인생은 보다 의미있는 인생으로 바꾸어갈 것입니다. 그리고 경종이 그러했듯 당신 또한 세상을 변화시키는 매개체로써 기억될 것입니다.

내가 또 한 사람의 경종이라는 사실을 기억하는 것, 내가 하는 행동과 내가 전하는 모든 말 하나하나가 이 세상을 바꿀 놀라운 근원이 된다고 생각하는 것, 이런 자세가 이 세상을 변화시킬 동력이 될 것입니다.

어쩌면 우리는 호메로스, 레오나르도다빈치, 공자, 순자, 한비자와 같은 임무를 이 세상에서 수행하고 있는지도 모릅니다. 지금 우리에게 역사를 바꿀 키가 쥐어져 있다는 것을 늘 기억하시기 바랍니다.

그림과책 소설집

4차원의 세상, 그 무궁한님

초판 1쇄 발행일 _ 2022년 9월 29일

지은이 _ 최종명
펴낸이 _ 손근호

펴낸곳 _ 도서출판 그림과책
출판등록 2003년 5월 12일 제300-2003-87호

03924 서울특별시 마포구 월드컵북로54길 17 821호
        (상암동, 사보이시티디엠씨)
        도서출판 그림과책
전화 (02)720-9875 _ 팩스 (02)720-4389
도서출판 그림과책 homepage _ www.sisamundan.co.kr
후원 _ 월간 시사문단(www.sisamundan.co.kr)
E-mail _ munhak@sisamundan.co.kr

ISBN 979-11-90411-73-8(03810)

값 24,000원